PASSANDO-SE

Passando-se

NELLA LARSEN

MEIA AZUL

Bas-bleu ("meias azuis", em tradução livre): antiga expressão pejorativa para desdenhar de mulheres escritoras, que ousassem expressar suas ideias e contar suas histórias em um ambiente dominado pelos homens. Com a ***Coleção Meia-azul***, voltada para narrativas de mulheres, a Ímã Editorial quer reconhecer e ampliar a voz dessas desbravadoras.

nota dos editores

Decidimo-nos por não traduzir, parafrasear ou buscar eufemismos para os termos empregados na obra original para referir às pessoas negras, para assim manter as nuances mais próximas da intenção da autora, bem como para preservar e registrar as diferentes conotações no contexto histórico retratado.

9. *Prefácio*
Paulo Scott

Parte um, *Encontro*

21. Um
27. Dois
57. Três
79. Quatro

Parte dois, *Reencontro*

85. Um
101. Dois
119. Três
127. Quatro

Parte três, *Finale*

135. Um
153. Dois
159. Três
165. Quatro

187. *Uma pessoa de cor em um mundo em preto e branco*

Prefácio

Que proporção incontornável é a da tragédia de uma doença coletiva cultivada sob a nociva certeza de que alguns grupos de pessoas são menos importantes do que outros? Que lugar é o das pessoas que, pelo seu fenótipo, ocupam um espaço oscilante que acaba sendo um não espaço, um trânsito interminável, um não repouso? Que preço pagam as que, sob as condições implacáveis das discriminações alheias — discriminações invariáveis, hegemônicas —, se permitem passar por quem não são ou não deveriam ser? O que fazer da vida para se sofrer menos e, diante das precariedades da existência e dos afetos, se realizar?

Variadas são as questões, as implicações, que circundam a protagonista, Irene Redfield, e sua suposta antagonista, Clare Kendry, neste magnífico romance da escritora norte-americana Nella Larsen, que, à semelhança de suas duas personagens, era uma mulher mestiça de pele clara. Segundo consta, o seu pai, Peter Walker, era um mestiço afro-caribenho, nascido nas Antilhas Dinamarquesas (atuais Ilhas Virgens Americanas), e a sua mãe, Mary Hanson, uma dinamarquesa, uma mulher branca, que imigrou para os Estados Unidos.

Partindo de uma realidade familiar e social, mas, sobretudo, político-racial, que nunca a acolheu de maneira plena — a autora não era reconhecida como mulher branca pelos brancos com quem conviveu, seja nos Estados Unidos seja na Dinamarca, e, em diversos momentos, como aconteceu nos anos de universidade, no Tennessee, por ter a pele clara e comportamento bastante distinto de seus colegas negros vindos do Sul, não era reconhecida pela sua comunidade negra como uma mulher negra —, Nella Larsen compõe uma ficção singular, bastante atenta e sensível, por meio da qual se chega à violência — a violência capitaneada pelo machismo e pelo racismo norte-americano dos anos 1920 — exercida contra pessoas, de uma minoria, tachadas de odiosas e, relacionando as palavras do marido branco de Clare Kendry, John Bellew, homem racista que desconhece por completo a origem negra da mulher com quem se casou, de "nojentas criaturas pretas".

Impossível não se conectar às tensões, às inseguranças, aos temores, enfim, ao arco narrativo de Irene, impossível não sentir empatia pelo seu esforço por manter o equilíbrio, a dignidade e a sanidade diante dos desafios que o retorno de Clare à sua vida lhe trouxe. O que surge às leitoras, aos leitores, é uma angularidade entre dois perfis psicológicos distintos, mas que se deixam atingir por uma mesma e terrível fragilidade. É nesse aspecto que a possibilidade de — sendo uma mulher negra, pelos critérios da *one-drop rule*, prevalentes no território estadunidense — poder se passar por uma mulher branca e entrar em ambientes em que as pessoas negras não são toleradas, estabelecer relações, proximidades, inclusive com pessoas brancas racistas, cristaliza entre as duas personagens um vínculo, uma fricção desmesurada, como se estivessem doentes, visceralmente contaminadas, perdidas de modo irreparável.

O encontro das duas pequenas tragédias revela, nessa conta, variadas dimensões de um drama maior. Não é Irene que está se passando por branca, é Clare. É, no entanto, Irene que detém a consciência da imensidão do sofrimento de Clare — e é Irene quem está apta a dar acolhida (ela não resiste à possibilidade da acolhida, mesmo sabendo, ou intuindo, o preço alto que pagará). Por isso, parece-me cabível a afirmação de um estado de enfermidade que acomete as duas a partir do momento em que Clare insiste em chegar, de forma vampiresca, a algo que tanto lhe falta, a algo que é o corriqueiro na rotina de Irene: a trivial ilusão de constância da felicidade ou, talvez, sua tangibilidade.

Significativo, e isto se perfaz logo no início da narrativa, é o momento em que, para circunscrever o ânimo de Irene, se conjugam os termos humilhação, ressentimento e raiva — sentimentos que se projetam não apenas em relação à presença de Clare, mas, em perspectiva mediata, à própria vida que não deixa de oferecer surpresas que levam, em graus diversos, à perda do controle das circunstâncias, da manutenção dos pactos menores, de suas cláusulas tácitas, dos seus resultados. Essa conjugação, que se estabelecerá quase como um mapa definidor da vontade que conduzirá os desdobramentos do núcleo dramático que afeta a protagonista, corresponde ao caos emocional que impregna cada fala e participação nesse extraordinário romance canônico.

Para Clare, agrilhoada que está à sua brutal impulsividade, cujos desejos portam uma vibração luciferina, é uma história de retorno — em percurso minado por riscos, incógnitas, pecados velados, medos — e de um trágico descarrilamento. Uma personagem vivaz, real, a peça complementar no tabuleiro, a complementaridade que traz a extensão maléfica das opções fundantes do que se conhece por racismo estrutural. E é esse o viés que, no jogo do jamais conhecer o outro, torna essa história tão universal e tão atual.

O colorismo, os julgamentos subjetivos nas tantas passagens da narrativa, as subjetividades — a inclinação quase neurótica e quase compulsiva, de negros e não negros, por saber identificar quem, tendo a pele clara ("e pelos sinais mais ridículos: unhas, palma da mão, formato da orelha, dentes e outras bobagens") pertence à raça negra ou não —, a *branquitude* desejada, simulada, tudo isso forma um plano de elementos dissonantes que, diante do tempo, este orixá tão importante, acabam configurando um duelo que —

como o bacilo da *Peste*, de Camus, que pode ficar anos adormecido — nunca desaparece.

Assim, portanto, um livro de retorno e invasão, mas também de entendimento, autoentendimento, de resistência — uma resistência ínsita à condição das pessoas que conseguem sintetizar todo custo de permanecer, de enfrentar, de lutar — de buscar pela felicidade, como fizeram Clare e Irene, que, independentemente da cor da pele, é a busca de todos nós.

Boa leitura.

PAULO SCOTT

É autor de *Marrom e Amarelo* (2019), no qual aborda as perversidades do racismo e do colorismo no Brasil. Também publicou *Habitante irreal* (2011) e *O ano em que vivi de literatura* (2015), romances; *Garopaba Monstro Tubarão* (2019) e *Mesmo sem dinheiro comprei um esqueite novo* (2014), poemas; e *Ainda orangotangos* (2007), contos.

para
Carl Van Vechten
e
Fania Marinoff

Uns três séculos afastado
Das cenas que seus pais haviam amado
Pimenta, canela, caulim
O que é África para mim?
Countée Cullen

PARTE UM
Encontro

UM

Era a última carta na pequena pilha de correspondência matinal. Junto às suas outras cartas, comuns e claramente dirigidas, o envelope comprido de fino papel italiano com garranchos quase ilegíveis parecia fora de lugar. E havia nele também algo de misterioso e um tanto furtivo. Uma coisa fina e ardilosa que não trazia endereço que traísse o remetente. Não que ela não soubesse imediatamente quem era a remetente. Há uns dois anos ela havia recebido um envelope desse mesmo feitio na aparência exterior. Furtivo, mas também de forma peculiar e determinada, um tanto pomposo. Tinta roxa. Papel estrangeiro de dimensão extraordinária.

Irene notou que fora postado em Nova York no dia anterior. Suas sobrancelhas franziram levemente, mais por perplexidade do que por irritação; ainda que em seus pensamentos houvesse um pouco de cada. Ela era completamente incapaz de compreender tal atitude em direção ao perigo, já que tinha certeza do que o conteúdo da carta iria revelar; e não lhe agradava a ideia de abri-la e ler.

Aquilo, ela refletiu, estava em linha com tudo o que sabia a respeito de Clare Kendry. Sempre caminhando na beira do precipício. Sempre consciente do risco que corria, mas nunca recuando ou se esquivando. Certamente não por conta de qualquer aviso ou por receio de ofender alguém.

E por um momento fugidio, Irene Redfield pareceu ver uma menininha pálida sentada em um sofá azul gasto, juntando com linha e agulha retalhos de cor vermelho vivo, enquanto seu pai bêbado, um homem alto, de compleição poderosa, soltava sua fúria ameaçadora de um lado a outro do quarto mal-ajambrado, vociferando maldições e disparando golpes espasmódicos contra ela, que não eram nem um pouco assustadores, porque, na maioria das vezes, não surtiam efeito. Algumas vezes ele conseguia atingi-la. Mas somente o fato da criança ter se recolhido, com sua pobre costura, na ponta do sofá, indicaria que ela estava, se tanto, perturbada pelas ameaças a ela e a seu trabalho.

Clare sabia muito bem que não era seguro tirar uma parte do dólar que recebia a cada semana como pagamento pelas muitas tarefas que fazia para a modista que vivia no último andar do prédio em que Bob Kendry trabalhava como zelador. Mas saber isso não a detinha. Ela queria ir ao piquenique da escola dominical e tinha posto na cabeça que iria com um vestido novo. Assim, a despeito de certas coisas desagradáveis e do risco, ela havia separado dinheiro para comprar material para aquele patético vestidinho vermelho.

Mesmo naqueles dias não havia nada de sacrifício no conceito de Clare Kendry sobre a vida, nenhum compromisso a não ser com seu desejo imediato. Era egoísta, fria e durona. E ainda assim também tinha uma estranha capacidade de gerar calor e paixão, beirando, algumas vezes, a heroísmos teatrais.

Irene, que era pelo menos um ano mais velha que Clare, recordou-se do dia em que Bob Kendry foi trazido para casa morto, assassinado em uma tola discussão de bar. Clare, que naquela altura mal tinha quinze anos, apenas ficou lá, com seus lábios comprimidos, seus braços finos cruzados sobre o peito estreito, olhando para a familiar cara branquela do seu pai com uma espécie de desprezo em seus olhos negros rasgados. Por um tempo muito longo permaneceu assim, em silêncio, encarando. Então, subitamente, deu vazão a uma torrente de choro, contorcendo seu corpo magro, puxando seu cabelo brilhante, e batendo seus pés pequenos. A explosão cessou tão subitamente quanto começara. Ela correu os olhos pelo cômodo esquálido, incluindo todo mundo, até os dois policiais, em um olhar afiado de desdém. E, no instante seguinte, deu a volta e desapareceu pela porta.

Vista agora, passado tanto tempo, a coisa parecia mais o jorro de uma fúria reprimida do que um transbordamento de pesar por seu pai morto; ainda que ela tivesse, e isso Irene admitia, certa estima por ele, na maneira dela, meio felina.

Felina. Certamente essa era a palavra que melhor descreveria Clare Kendry, se ela pudesse ser descrita em uma única palavra. Alguma vezes ela era durona e parecia não ter sentimento algum; outras vezes, era afetuosa e brutalmente impulsiva. E tinha uma incrível malícia sutil, muito bem encoberta até ser provocada. E quando isso acontecia, era capaz de arranhar, e com muita eficiência. Ou, se empurrada até a fúria, lutava com uma ferocidade e um ímpeto que ignorava ou desconsiderava qualquer perigo: forças superiores, inferioridade numérica, ou outras circunstâncias desfavoráveis. E que selvagem foi quando passou as garras naqueles garotos no dia em que assobiaram para seu pai e cantaram uma rima ofensiva que haviam composto, apontando para certas excentricidades do passo trôpego dele! E como, de propósito, ela havia...

Irene trouxe seus pensamentos de volta ao presente, à carta de Clare Kendry que ainda tinha, fechada, na mão. Com certa apreensão, abriu bem lentamente o envelope, retirou as folhas dobradas, as estendeu e começou a ler.

Logo viu que era o que imaginava desde que soube pelo carimbo postal: Clare estava na cidade. Um desejo, fraseado de modo extravagante, de voltar a vê-la. Bem, Irene disse a si mesma, ela não precisava vê-la e não iria ceder. Tampouco iria ajudar Clare a se dar conta de seu tolo desejo de retornar, por um momento, àquela vida que ela havia, há muito tempo, e por vontade própria, deixado para trás.

Correu os olhos pela carta, tentando decifrar, o melhor que podia, as palavras desleixadamente formadas, ou usando o instinto para adivinhá-las.

... porque estou tão sozinha, tão sozinha... não consigo conter esse desejo de estar contigo de novo; mais do que já desejei alguma coisa na vida; e eu quis muitas coisas na vida... Você não sabe o quanto, nessa vida desbotada que vou levando, estou a todo tempo vendo as imagens brilhantes daquela outra vida que eu, uma vez, achei que estava feliz de me livrar... É como uma dor, uma dor que nunca passa...

Folhas e mais folhas disso. E terminando com "e é sua a culpa, Irene querida. Ao menos em parte. Porque eu não estaria agora com esse terrível, esse louco desejo, se não a tivesse visto aquela vez em Chicago...".

Faixas de vermelho rubro arderam nas faces oliváceas de Irene Redfield.

"Aquela vez em Chicago." As palavras destacaram-se entre os muitos parágrafos com outras palavras, trazendo consigo uma lembrança clara, nítida, na qual, ainda hoje, passados dois anos, estavam misturados humilhação, ressentimento e raiva.

Dois

Isso é do que Irene Redfield se recordava.
Chicago. Agosto. Um dia brilhante, quente, com um sol brutal vertendo raios como lava. Um dia em que até os perfis das construções estremeciam como em protesto pelo calor. Linhas tremeluzentes emanavam do asfalto esturricado e ziguezagueavam pelas faixas dos carros. Os automóveis estacionados junto à sarjeta eram uma labareda a bailar e as vidraças soltavam uma radiação ofuscante. Afiadas partículas de poeira erguiam-se das calçadas ardentes, aferroando as peles calcinadas ou gotejantes dos pedestres que murchavam. Qualquer leve brisa parecia o sopro de uma chama atiçada por lentos foles.
Foi nesse dia, entre todos os outros, que Irene saiu para comprar as coisas que havia prometido levar para

casa, para seus dois filhos pequenos, Brian Junior e Theodore. Como era típico dela, havia protelado até que restassem apenas alguns dias tumultuados de sua comprida visita. E somente esse dia escaldante estava livre de compromissos até a noite.

Sem grandes problemas, ela tinha obtido o aviãozinho mecânico para Junior. Mas o livro de desenho, para o qual Ted havia dado instruções tão sérias e insistentes, a havia obrigado a entrar e sair de cinco lojas sem sucesso.

Foi quando estava a caminho da sexta loja que, bem diante de seus olhos latejantes, um homem tropeçou e tornou-se um volume amarrotado e inerte sobre o cimento abrasador. Em torno da figura sem vida, uma pequena multidão se juntou. O homem estava morto, ou somente desmaiado?, alguém a perguntou. Mas Irene não sabia e não tentou descobrir. Ela se esgueirou para fora da multidão que se adensava, sentindo-se desagradavelmente ensopada e pegajosa e suja pelo contato com tantos corpos suarentos.

Por algum tempo, ficou abanando-se e esfregando seu rosto úmido com um retalho inadequado de lenço. De repente viu que toda a rua parecia tremer e deu-se conta de que estava para desmaiar. Sentindo a urgência de pôr-se em segurança, ergueu uma mão e acenou para um táxi parado diretamente diante dela. O motorista transpirante saltou e a guiou até seu carro. Ele a ajudou, quase a ergueu. Ela se sentou no assento de couro quente.

Por um minuto seus pensamentos estavam nebulosos. Clarearam.

"Acho", disse a seu samaritano, "que é de um chá que eu preciso. Sob algum teto."
"O Drayton, madame?", ele sugeriu. "Dizem que é sempre fresquinho lá em cima."
"Obrigada. Acho que o Drayton vai servir".
Ouviu-se aquele pequeno ruído da alavanca engrenando quando o homem pôs o carro em marcha e arrancou habilidoso para o tráfego fervilhante. Recobrando os sentidos sob a brisa cálida provocada pelo táxi em movimento, Irene tentou reparar um pouco o dano que o calor e as multidões haviam causado em sua aparência.
E logo o veículo ruidoso aproximou-se da calçada e estancou. O motorista saiu e abriu a porta antes que o atendente ornamentado do hotel pudesse alcançá-la. Ela saiu do carro, agradecendo-o com um sorriso e também com uma retribuição mais substancial por esse tipo de gentileza e compreensão, e passou pelas amplas portas do Drayton.
Ao sair do elevador que a levara ao terraço, foi conduzida a uma mesa diante de uma janela comprida com cortinas que se moviam suavemente sugerindo uma brisa fresca. Era como, pensou, se um tapete mágico a tivesse arrebatado e transportado para um outro mundo, agradável, quieto, e estranhamente distante do efervescente mundo que ela havia deixado para trás lá embaixo.
O chá, quando chegou, era tudo o que ela havia desejado e esperado. De fato, era tanto o que ela desejava e esperava que, após o primeiro e profundamente refrescante gole, conseguiu esquecê-lo, voltando a bebericar,

aqui e ali, do copo alto e verde, enquanto perscrutava o salão ao redor ou olhava para fora, por cima de algum prédio, para o brilho azul plácido do lago, estirando-se até um horizonte indefinido.

Estava há um tempo contemplando, lá embaixo, os pontinhos que eram os carros e as pessoas rastejando pelas ruas, e pensando em como elas pareciam bobas, quando, ao erguer o copo, surpreendeu-se por encontrá-lo enfim vazio. Pediu por mais chá e, enquanto esperava, começou a recordar os acontecimentos do dia e a se perguntar o que faria a respeito de Ted e de seu livro. Por é que ele invariavelmente queria algo que fosse difícil ou impossível de se obter? Igual ao pai dele. Sempre querendo algo que não poderia ter.

Naquele momento ouviram-se vozes, a voz tonitruante de um homem e uma levemente rouca, feminina. Um garçom passou por ela, seguido de uma mulher com um perfume adocicado em um vestido esvoaçante de *chiffon* verde, cuja estampa com narcisos, junquilhos e jacintos era uma lembrança de dias agradavelmente gélidos na primavera. Atrás dela havia um homem, com as faces rubras, que estava esfregando o pescoço e a testa com um grande e amarrotado lenço.

"Ah...!" Irene resmungou, atiçada pelo incômodo, porque, depois de alguma discussão, haviam parado na mesa ao seu lado. Até então estivera sozinha, à janela, e tudo estava tão satisfatoriamente quieto. Agora é claro que eles iriam tagarelar.

Mas não. Somente a mulher se sentou. O homem permaneceu de pé, distraidamente beliscando o nó de sua gravata azul claro. Do pequeno espaço que separava as duas mesas, sua voz chegava claramente.

"Então nos vemos mais tarde", ele declarou, olhando para a mulher sentada. Havia prazer no seu tom e um sorriso em seu rosto.

Os lábios de sua companheira abriram para dar alguma resposta, mas suas palavras foram borradas pela pequena distância entre eles e pela mistura de ruídos que flutuavam desde a rua lá embaixo. Elas não alcançaram Irene, mas ela notou o sorriso peculiarmente carinhoso que as acompanhou.

O homem disse: "bem, acho melhor eu..." e sorriu de novo, e disse adeus, e partiu.

Uma mulher atraente, foi a opinião de Irene, com aqueles olhos escuros, quase negros, e aquela boca larga, como uma flor escarlate contra o marfim de sua pele. Belas roupas também, perfeitas para o clima, finas e frescas sem amarrotar, como costuma acontecer com os tecidos de verão.

Um garçom aguardava seu pedido. Irene a viu sorrir de volta ao garçom enquanto murmurava alguma coisa — talvez um "obrigada". Era um sorriso estranho. Irene não conseguia definir bem, mas estava certa de o classificar — e isso vindo de outra mulher — como um tanto provocativo para um garçom. Alguma coisa naquele sorriso, no entanto, fazia Irene hesitar em defini-lo assim. Certa impressão de segurança, talvez.

O garçom voltou com seu pedido. Irene a observou estender o guardanapo, viu a colher de prata na mão branca fatiar o ouro opaco do melão. Então, ao dar-se conta de que a estava encarando, desviou rapidamente o olhar.

Sua mente voltou ao que era da sua conta. Ela havia resolvido, em definitivo, o problema de qual, entre dois vestidos, usar no jogo de bridge aquela noite, em salas cuja atmosfera estaria tão espessa e quente que cada respiração seria como inspirar sopa. Tendo decidido o vestido, seus pensamentos se voltaram para a obtenção do livro de Ted, e seus olhos se distraíam contemplando o lago, quando, por conta de algum sexto sentido, teve a nítida sensação de que alguém a observava.

Muito lentamente olhou em volta e para os olhos escuros da mulher do vestido verde da mesa ao lado. Mas evidentemente não se deu conta de que um interesse tão intenso quanto o que estava exibindo pudesse ser embaraçoso, e continuou a encarar. Seu comportamento era o de quem, com o máximo foco e propósito, estava determinada a gravar com firmeza e precisão cada detalhe dos traços de Irene em sua memória para sempre, e tampouco mostrava qualquer sinal de desconcerto ao ter sido flagrada em seu firme escrutínio.

Em vez disso, foi Irene que se achou deslocada. Sentindo a inspeção longa e minuciosa, baixou os olhos. Qual poderia ser, ficou se perguntando, a razão para essa atenção persistente? Será que ela, na correria para entrar no táxi, colocara o chapéu ao contrário? Cautelosamente, tateou a cabeça. Não. Talvez tivesse um traço de pó de arroz em seu rosto. Ela passou rapidamente o lenço pela face. Alguma coisa errada com seu vestido? Ela passou os olhos. Estava tudo perfeito. Então o quê?

Tornou a olhar para cima e, por um momento, seus olhos castanhos devolveram educadamente a encarada dos olhos negros da outra, que nem por um instante desviaram ou hesitaram. Irene fez um pequeno desdém mental. Ah, se quiser, pode olhar! Tentou tratar a mulher, e seu olhar, com indiferença, mas não pôde. Todos os seus esforços para ignorá-la foram inúteis. A espreitou pelo canto dos olhos. Ainda a estava olhando. E que estranhos olhos lânguidos ela tinha!

E gradualmente foi crescendo em Irene uma perturbação leve e interna, odiosamente familiar. Ela riu suavemente, mas seus olhos se acenderam.

Será que aquela mulher, seria possível que aquela mulher, de alguma forma, sabia que, diante de seus olhos, no terraço do Drayton, estava sentada uma *negra*?

Absurdo! Impossível! Os brancos eram tão estúpidos a esse respeito, sobre o que eles acham que conseguem distinguir; e pelos "sinais" mais ridículos: unhas, palma da mão, formato da orelha, dentes e outras bobagens. Eles sempre a tomavam por uma italiana, espanhola, mexicana ou cigana. Nunca, quando ela estava sozinha, teriam remotamente suspeitado de que ela era uma negra. Não, a mulher sentada ali, a encarando, não teria como saber.

Mesmo assim, Irene sentiu, por sua vez, raiva, humilhação e medo a invadirem. Não é que ela sentisse vergonha de ser uma negra, ou que a chamassem assim. Era a ideia de ser expulsa de um lugar, mesmo na maneira educada e cautelosa com que o Drayton provavelmente o faria, que a perturbava.

Mas ela olhou, agora com ousadia, de volta para os olhos que ainda estavam francamente dirigidos a ela. Não lhes pareciam hostis ou ressentidos. Em vez disso, Irene tinha a impressão de que estavam prestes a lhe sorrir se ela também o fizesse. Bobagem, é claro. A impressão passou, e ela desviou o olhar com a firme intenção de manter seu olhar para o lago, os telhados dos prédios do outro lado, o céu, qualquer lugar que não fosse aquela mulher irritante. Quase imediatamente, no entanto, seus olhos estavam de volta. No meio da neblina de sua inquietação, ela foi tomada por uma vontade de encarar até vencer a rude observadora. Suponha que a mulher soubesse ou suspeitasse de sua raça. Ela não teria como provar.

De repente seu pequeno receio cresceu. Sua vizinha havia se levantado e estava vindo em sua direção. O que estava para acontecer?

"Desculpe-me", a mulher disse amigavelmente, "mas acho que a conheço". Sua voz levemente rouca tinha um tom dúbio.

Ao olhar para ela, as suspeitas e o medo de Irene desapareceram. Não havia como se enganar com a gentileza daquele sorriso ou resistir a seu charme. No mesmo instante, ela se rendeu e sorriu também, como se dissesse "eu receio que tenha se enganado".

"Sim, é claro! Eu a conheço!" a outra exclamou. "Não me diga que você não é Irene Westover. Ou ainda a chamam de Rene?"

No breve segundo antes de responder, Irene tentou em vão lembrar-se quando e onde essa mulher poderia tê-la conhecido. Lá em Chicago. E antes de seu casamento. Até aí estava claro. Escola? Faculdade? Os comitês da ACM? Da escola, provavelmente. E quantas garotas brancas ela conhecera tão bem a ponto de lhe chamarem pelo íntimo nome de "Rene"? A mulher diante dela não se encaixava em nenhuma de suas memórias. Quem era ela?

"Sim, sou Irene Westover. E ainda que ninguém me chame mais de Rene, é sempre bom ouvir esse nome de novo. E você...". Hesitou, envergonhada por não conseguir se lembrar e esperando que aquela frase fosse concluída para ela.

"Não sabe quem eu sou? Sério, Rene?"

"Desculpe-me, mas no momento não estou conseguindo lembrar-me."

Irene estudou a amável criatura em pé ao seu lado, procurando pistas sobre a sua identidade. Quem poderia ser? Onde e quando teriam se conhecido? E, em meio a sua perplexidade, veio-lhe a impressão de que o fato de não conseguir se recordar da mulher era, para esta, mais gratificante que decepcionante, e que ela não se importava em não ser reconhecida.

E Irene também sentiu que estava prestes a lembrar-se dela. Porque a mulher tinha certa qualidade, alguma coisa intangível, vaga demais para definir, remota demais para capturar, mas que era, para Irene Redfield, muito familiar. E aquela voz. Com certeza ela havia escutado aqueles tons roucos anteriormente. Talvez tenham passado algum tempo juntas, ou feito contato, algo em sua voz sugeria remotamente a Inglaterra. Ah! Será que foi na Europa que elas se conheceram? "Rene." Não.

"Será que", começou Irene, "você..."

A mulher riu, uma risada amável, uma curta sequência de notas que era como um trinado e também como o tilintar de um delicado sino feito de um metal precioso, um tintinar.

Irene exalou um breve sopro. "Clare!", exclamou, "não pode ser... Clare Kendry?"

Tamanho foi seu espanto que ela começou a erguer-se da cadeira.

"Não, não. Não se levante," ordenou Clare Kendry, e sentou-se ela mesma. "Você tem que ficar e conversar. Vamos pedir mais uma coisa. Chá? Que bom encontrá-la aqui! É muita, muita sorte!"

"É uma surpresa terrível", Irene disse a ela, e, vendo a mudança no sorriso de Clare, percebeu que havia revelado uma ponta dos seus próprios pensamentos. Mas disse apenas: "Nunca neste mundo eu adivinharia que era você se não fosse por este seu sorriso. Você está mudada, você sabe. E, de algum jeito, continua a mesma."

"Pode ser", respondeu Clare. "Oh, só um segundo."

Deu atenção ao garçom a seu lado. "Hum, vejamos. Dois chás. E traga alguns cigarros. Sim... esses servem. Obrigada." De novo aquele estranho e sobranceiro sorriso. Agora Irene tinha certeza de que era provocante demais para um garçom.

Enquanto Clare fazia o pedido, Irene fez um rápido cálculo mental. Devia fazer uns 12 anos, ela deduziu, desde que ela, ou alguém que ela conhecesse, tinha posto os olhos em Clare Kendry.

Depois da morte de seu pai, ela fora morar com alguns parentes, tias ou primos, se mudando duas ou três vezes lá para o lado oeste: parentes que ninguém sabia que os Kendry tinham até que apareceram no funeral e levaram Clare com eles.

Por cerca de um ano ou mais depois, ela apareceria ocasionalmente entre seus velhos amigos e conhecidos no lado sul para visitas rápidas que eram, pelo que eles entenderam, escapadelas das infinitas atividades domésticas que ela tinha na nova casa. A cada nova visita, estava mais alta, mais descuidada, e mais beligerantemente sensível. E a cada vez a expressão do seu rosto estava mais ressentida e cismada. "Estou preocupada com Clare, ela parece tão infeliz", Irene lembra ter ouvido de sua mãe. As visitas minguaram, passaram a ser mais curtas, menos frequentes e mais esparsas, até o dia em que cessaram.

O pai de Irene, que tinha estima por Bob Kendry, foi ao lado oeste, cerca de dois meses depois da última vez que Clare estivera com eles, e voltou com a concisa informação de que ele havia visto seus parentes, e que Clare havia desaparecido. O que mais ele tenha confidenciado a sua mãe, na privacidade do seu quarto, Irene não chegou a saber.

Mas ela tinha algo mais que uma vaga suspeita sobre a natureza do ocorrido. Porque circularam rumores. Rumores que, para garotas de dezoito ou dezenove anos, eram excitantes.

Houve um sobre Clare Kendry ter sido vista à hora do jantar em um hotel da moda na companhia de outra mulher e de dois homens, todos eles brancos. E bem vestida! E houve outro que falava sobre ela passar de carro pelo Lincoln Park com um homem, inequivocamente branco e evidentemente rico. Limousine Packard, chofer de libré, e tudo mais. Houve outros rumores, de cujo contexto Irene já não conseguia se lembrar, mas todos apontando para a mesma glamorosa direção.

E ela podia se lembrar vivamente como, quando costumavam repetir e discutir aquelas histórias fascinantes sobre Clare, as garotas olhavam umas para as outras, com caras de quem sabiam o que se passava, com risadinhas, arrastando os olhos com brilhos de animação e diziam com meios-tons de lamento ou descrença coisas como "oh, bem, quem sabe ela não arranjou um emprego ao algo assim" ou "no fim não deve nem ter sido Clare" ou "não dá para acreditar em tudo o que a gente ouve".

E sempre tinha uma garota, mais objetiva ou mais francamente maliciosa que as outras, que declarava: "Está na cara que foi a Clare! Ruth a viu e também o Frank, e eles certamente a reconhecem quando a veem, tão bem quanto todas nós." E outra diria: "É, pode apostar que era a Clare mesmo." Então todo mundo afirmava que não tinha como ser um engano, era mesmo a Clare, e que as circunstâncias só poderiam significar uma coisa. Que trabalho o quê! As pessoas não levam as empregadas para jantar no Shelby. Certamente não bem vestida daquele jeito. E se seguiriam alguns lamentos insinceros, e alguém diria "pobre garota, suponho que seja verdade, mas o que se poderia esperar? Olhe o pai dela. E a mãe, dizem que ela teria se mandado se não tivesse morrido antes. Além disso, Clare sempre teve um... um... jeito de conseguir as coisas."

Precisamente isso! As palavras vieram a Irene, sentada no terraço do Drayton, enquanto olhava para Clare Kendry. "Um jeito de conseguir." Bem, Irene reconheceu, a julgar por sua aparência e seus modos, Clare parece mesmo ter conseguido algumas das coisas que queria.

Era, Irene repetiu, após o intervalo com o garçom, uma grande surpresa e uma muito grata, voltar a ver Clare depois de todos aqueles anos, doze pelo menos.

"Bem, Clare. Você é a última pessoa no mundo com quem eu esperava esbarrar. Acho que é por isso que não a reconheci."

Clare respondeu, gravemente: "Sim. São doze anos. Mas não estou surpresa em vê-la, Rene. Quer dizer, não muito. De fato, desde que me mudei para cá, eu meio que tinha esperança, ou esperava, ver alguém. De preferência, você. Ainda assim, imagino que seja porque eu sempre pensei em você, ao passo que você... aposto que nunca pensou em mim."

Era verdade, claro. Após as primeiras especulações e acusações, Clare havia desaparecido completamente do pensamento de Irene. E do pensamento dos outros, também — se é que as conversas indicavam no que estavam ou não pensando.

Além do mais, Clare nunca tinha sido exatamente alguém do grupo, assim como nunca tinha sido meramente a filha do zelador, mas a filha do senhor Bob Kendry que, de fato, era um zelador, mas que também, ao que parece, havia frequentado a faculdade com alguns dos pais da turma. Exatamente como, ou porque, ele acabou virando zelador, e um zelador bem ineficiente, ninguém sabia direito. Um dos irmãos de Irene, que havia feito a pergunta a seu pai, teve como resposta "isso não é problema seu" e recebeu o conselho de tomar cuidado para não terminar do mesmo jeito do "pobre do Bob".

Não, Irene não havia pensado em Clare Kendry. Sua vida fora bem agitada. Assim como, ela supunha, era a vida das outras pessoas. Ela defendeu-se por seu esquecimento, e pelo deles. "Sabe como é. Todo mundo está tão ocupado. As pessoas vão embora, se mandam, talvez por um tempinho a gente fala a respeito delas, ou se pergunta como estão; então, gradualmente, vamos esquecendo delas."

"Sim, é natural". Clare concordou. E o que, inquiriu, eles falavam a respeito dela naquele tempinho no começo, antes de se esquecerem completamente dela?

Irene desviou o olhar. Sentiu o rubor que a denunciaria subir às faces. "Ah...", esquivou-se "você não espera que eu lembre de trivialidades como essas, depois de doze anos, casamentos, nascimentos, mortes e a Guerra."

Seguiu-se o trinado melodioso que era a risada de Clare Kendry, curta e clara, a própria essência da zombaria.

"Oh, Rene", exclamou, "é claro que você se lembra! Mas não vou forçá-la a me dizer, porque sei muito bem, como se estivesse lá e escutado todas as palavras rudes. Ah, eu sei, eu sei. Frank Danton me viu no Shelby uma noite. Não me diga que ele não saiu falando para todo mundo, com detalhes. Outros podem ter me visto em outras ocasiões. Sei lá. Mas uma vez encontrei Margaret Hammer no Marshall Fields. Eu ia falar alguma coisa, estava indo falar quando ela me cortou. Minha cara Rene, garanto a você que, do jeito que ela me atravessou com o olhar, até mesmo eu fiquei na dúvida se eu estava lá, em carne e osso. Lembro-me claramente, muito claramente. Foi exatamente isso que, de certa maneira, me fez decidir não ir vê-la pela última vez antes de me mandar. De algum jeito, mesmo que vocês, toda a família, tenham sido tão bons para a menina desamparada que eu fui, senti que não poderia aguentar. Quero dizer, se qualquer um de vocês, sua mãe ou os meninos, ou... Oh, bem, eu só senti que preferia que você não ficasse sabendo. Então eu me mantive distante. Foi bobagem, suponho. Algumas vezes fico lamentando não ter ido ver você."

Irene perguntou-se se eram lágrimas o que tornava os olhos de Clare tão luminosos.

"E agora, Rene, quero que você me conte tudo sobre você e sobre todo mundo. Está casada, suponho?"

Irene assentiu com a cabeça

"Sim", disse Clare, "tinha que estar. Me conta!"

E por uma hora ou mais elas ficaram lá fumando e bebendo chá e preenchendo o hiato de 12 anos com conversas. Quer dizer, Irene falou. Contou a Clare sobre seu casamento e a mudança para Nova York, sobre seu marido e sobre os dois filhos, que estavam passando pela primeira experiência de ficarem separados dos pais em um acampamento de verão, sobre a morte de sua mãe, sobre os casamentos de dois dos irmãos. Contou sobre os casamentos, nascimentos e mortes em outras famílias que Clare conhecia, abrindo, para ela, um panorama sobre as vidas dos velhos amigos e conhecidos.

Clare absorveu tudo, todas essas coisas que ela há muito tempo queria saber e que não conseguia descobrir. Ficou sentada, imóvel, seus lábios brilhantes entreabertos, seu rosto iluminado pela esplendor de seus olhos contentes. Uma vez ou outra ela fazia uma pergunta, mas, na maior parte do tempo, permaneceu em silêncio.

Em algum lugar lá fora, um relógio bateu as horas. De volta ao presente, Irene olhou para seu relógio de pulso e exclamou: "Oh, eu tenho que ir, Clare!"

Um momento passou durante o qual ela foi presa do desconforto. Subitamente tocou-se de que não havia perguntado nada a Clare sobre a vida dela e também que ela tinha uma evidente indisposição a falar sobre isso. E Irene estava bem ciente da razão dessa relutância. Porém, perguntou a si mesma, não seria, levando--se tudo em consideração, mais gentil *não* perguntar? Se as coisas com Clare aconteceram como ela — como todo mundo — suspeitava, não seria mais delicado parecer que se esqueceu de perguntar como ela tinha passado esses doze anos?

Se? Era o "se" que a incomodava. Pode ser, pode até ser, que apesar de toda a fofoca e mesmo das aparências em contrário, que não houvesse nada, que não tivesse havido nada que não pudesse ser simples e inocentemente explicado. As aparências, ela sabia, têm um jeito de às vezes não se encaixarem nos fatos, e se Clare não tivesse... Bem, se todos tivessem se enganado, então ela certamente deveria expressar algum interesse naquilo que havia ocorrido com ela. Seria meio estranho e rude se ela não perguntasse. Mas como é que ela iria saber? Não tinha como, ela por fim decidiu. Assim, apenas voltou a dizer "preciso ir, Clare."

"Por favor, não se vá tão cedo, Rene", implorou Clare sem se mexer.

Irene pensou "ela realmente está bonita demais. Não é de se estranhar que ela..."

"E agora, querida Rene, que a encontrei, quero te ver muitas e muitas vezes. Vamos ficar por aqui um mês pelo menos. Jack, é o meu marido, está aqui a trabalho. Pobre coitado! Nesse calor? Não é bestial? Venha jantar com a gente, que tal?" E deu a Irene um curioso olhar de soslaio e um sorriso maroto, irônico, espreitado dos seus lábios rubros, como se detivesse o segredo do pensamento da outra, e estivesse zombando dela.

Irene sentiu o ar entrando rapidamente em seus pulmões, mas se foi por alívio ou pesar, ela mesma não saberia dizer. Disse secamente: "Receio que não possa, Clare. Estou toda tomada. Jantar e bridge. Lamento muito."

"Então venha amanhã, para o chá", Clare insistiu. "E você vai ver Margery — ela só tem dez anos — e Jack também, se ele não tiver uma reunião ou algo assim."

De Irene veio um risinho incômodo. Ela também tinha um compromisso para o dia seguinte, e temia que Clare não acreditasse nela. Subitamente, essa possibilidade a perturbou. Assim, foi com uma sensação meio constrangida, como uma culpa que não merecia, que explicou que não seria possível porque ela não estaria livre para o chá, nem para a ceia ou jantar. "E o dia seguinte é sexta, vou passar o final de semana fora, em Idlewild, você sabe. Está todo mundo indo." E então teve uma inspiração.

"Clare!", exclamou. "Porque você não vem comigo? Nosso lugar provavelmente não vai estar cheio — a esposa do Jim tem um jeito de juntar as multidões mais impossíveis — mas a gente sempre dá um jeito de caber mais um. E você vai ver todo mundo."

Assim que fez o convite, arrependeu-se. Que coisa tola, que impulso idiota! Ela gemeu por dentro ao pensar nas infinitas explicações nas quais seria envolvida, da curiosidade, da conversa, e das sobrancelhas erguidas. Não é que, e disso ela tinha certeza, fosse uma esnobe, que desse muita bola para essas restrições mesquinhas e distinções com as quais a assim chamada Sociedade Negra havia escolhido se cercar; mas é que ela tinha uma natural e profunda aversão ao tipo de notoriedade escandalosa que a presença de Clare Kendry, como sua convidada, a exporia. E ali estava ela, perversa e insensatamente, convidando-a.

Contudo Clare sacudiu a cabeça. "Eu realmente adoraria ir, Rene", disse, um tanto lastimosa. "Não há nada que eu gostasse mais de fazer. Mas eu não poderia. Eu não devo, você sabe. Não daria certo. Tenho certeza de que você entende. Estou louca para ir, mas não posso." O olho escuro cintilou e sua voz rouca tremulou. "E acredite em mim, Rene, agradeço por ter me convidado. Não pense que esqueci completamente o que significaria para você se eu fosse. Quer dizer, se você ainda se preocupa com essas coisas."

Todos os indicativos de choro desapareceram de seus olhos e de sua voz, e Irene Redfield, lendo seu rosto, teve uma sensação ofendida de que, por trás daquela que era uma mera máscara de marfim, espreitava um contentamento de zombaria. Ela desviou o olhar para a parede por trás de Clare. Ela bem que merecera, porque, como reconhecia para si mesma, estava aliviada. E pela exata razão que Clare havia insinuado. O fato de Clare ter adivinhado sua perturbação não conseguiu, no entanto, em nenhum grau, diminuir esse alívio. Ficou incomodada em ter sido desmascarada no que poderia ter sido uma falta de sinceridade, mas isso foi tudo.

O garçom veio com o troco de Clare. Irene lembrou-se de que tinha de partir imediatamente. Mas não se moveu.

A verdade é que ela estava curiosa. Havia coisas que queria perguntar a Clare Kendry. Queria descobrir mais sobre esse negócio arriscado de "se passar", esse romper de tudo o que era familiar e amigável para tentar a sorte em um outro ambiente, não totalmente estranho, talvez, mas certamente não totalmente amigável. O que, por exemplo, as pessoas faziam com a história pregressa, como alguém se apresentava. E como se sentia quando entrava em contato com outros negros. Mas ela não poderia. Era incapaz de pensar em uma única pergunta que em seu contexto, ou na maneira de enunciar, não fosse uma curiosidade demasiadamente aberta, ou mesmo impertinente.

Como se ciente de seu desejo e sua hesitação, Clare observou, cautelosamente "você sabe, Rene, sempre me perguntei porque mais garotas de cor, garotas como você e Margaret Hammer e Esther Dawson e — oh, muitas outras — nunca 'se passaram'. É uma coisa tão assustadoramente fácil de se fazer. Se você tem o tipo, só precisa de um pouco de cara de pau."

"E sobre sua história? Quero dizer, família. Certamente você não pode simplesmente aparecer diante das pessoas e esperar que a recebam de braços abertos, ou pode?"

"Quase", Clare afirmou. "Você ficaria surpresa, Rene, o quanto é mais fácil com os brancos do que com a gente. Talvez porque tenha muito mais brancos, ou porque eles estão seguros e não precisam se preocupar. Eu nunca cheguei a uma conclusão.".

Irene estava se inclinando para a incredulidade. "Quer me dizer que não teve que explicar de onde você era? Isso me parece impossível."

Clare lançou um olhar de curiosidade reprimida para ela. "De fato, eu não expliquei. Mas suponho que, em qualquer outra circunstância, teria que dar a eles algum relato plausível a respeito de mim mesma. Tenho uma boa imaginação, tenho certeza de que conseguiria algo verossímil e acreditável. Mas não foi necessário. Eu tinha minhas tias, sabe: respeitáveis e autênticas o suficiente para qualquer um.

"Sim. Elas estavam passando-se também."

"Não. Não estavam. Elas eram brancas."

"Oh!" E no instante seguinte voltou a Irene o que ela havia ouvido alguém mencionar anteriormente; por seu pai, ou, mais provavelmente, por sua mãe. Eram as tias de Bob Kendry. Ele era filho do irmão delas, no lado esquerdo. Um "mau passo" de juventude.

"Eram umas boas velhinhas", Clare explicou, "muito religiosas, e pobres como Jó. Aquele irmão que elas adoravam, meu avô, gastou cada centavo que elas tinham, depois de ter acabado com os dele".

Clare fez uma pausa na narrativa para acender outro cigarro. Seu sorriso, sua expressão, notou Irene, eram de leve rancor.

"Sendo boas cristãs", ela continuou, "quando papai chegou a seu trôpego fim, fizeram o que era certo e me conseguiram algo assim como um lar. Eu tinha, é verdade, que conseguir meu sustento fazendo todo o trabalho de casa e cuidar da maior parte das lavagens. Mas você se dá conta, Rene, de que se não fosse por elas, eu não teria um lar neste mundo?"

O leve aceno e o tênue murmúrio de Irene eram de compreensão.

Clare deu um sorrisinho malicioso e prosseguiu. "Além do mais, na visão delas, o trabalho duro era bom para mim. Eu tinha sangue negro nas veias, e elas pertenciam à geração que havia escrito e lido longos artigos com títulos como 'Será que os negros vão trabalhar?' Sim, elas não tinham tanta certeza de que Deus tinha obrigado os filhos e filhas de Cam a suar por ele ter feito graça com o velho Noé quando bebeu mais do que devia. Lembro-me das tias me contando a toda hora que aquele velho bêbado havia amaldiçoado Cam e seus filhos para todo o sempre".[1]

Irene riu. Mas Clare permaneceu bem séria.

"Foi mais que uma piada, garanto, Rene. Foi uma vida dura para uma garota de dezesseis anos. Mas pelo menos eu tinha um teto, e comida, e roupas, qualquer que fossem. E havia as Escrituras, e conversas sobre moral e prodigalidade e diligência e a bondade amorosa do bom Senhor."

"Já parou para pensar, Clare", questionou Irene, "quanta infelicidade e mesmo crueldade são feitas em nome da bondade amorosa do Senhor? E sempre por seus mais ardorosos seguidores, ao que parece."

"Se eu já pensei nisso?", Clare questionou. "Isso, elas, foram o que me fizeram o que sou hoje. Porque, é claro, estava determinada a ir embora, para ser uma pessoa, e não uma caridade ou um problema, e nem mesmo uma filha do indiscreto Cam. E eu também queria coisas. Sabia que não era feia e que poderia 'me passar'. Você nem sabe, Rene, como, quando eu costumava ir para o Lado Sul, eu quase a odiava. Você tinha todas as coisas que eu sempre quis ter, e nunca tive. Isso só me fez mais determinada em consegui-las, e

---

[1] *Alguns cristãos justificavam (e ainda justificam) a escravidão, ou submissão dos negros, com a passagem da Bíblia (Gênesis 9:20-27) em que Noé amaldiçoou seu filho Cam por ter zombado do pai, que estava embriagado e despido. Noé rogou que Canaã, filho de Cam, e toda a sua descendência, seria "servo dos servos dos seus irmãos". Segundo a leitura desses "cristãos", os negros são os descendentes de Canaã e cumprem a maldição.*

mais algumas coisas. Você entende, pode entender o que eu sentia?"

Ela olhou em apelo e, tendo evidentemente obtido a expressão solidária de Irene, prosseguiu: "As tias eram esquisitas. Mesmo com toda a Bíblia e as orações e as perorações sobre honestidade, elas não queriam que ninguém ficasse sabendo sobre seu querido irmão ter seduzido — 'arruinado', como elas diziam — uma garota negra. Elas podiam desculpar a ruína, mas não conseguiam desculpar "o pé na cozinha". Proibiram-me de mencionar os negros aos vizinhos, e até mesmo de mencionar o Lado Sul. E pode ter certeza de que não mencionei. Aposto que elas eram boas e que se lamentaram mais tarde".

Riu, e os sininhos em sua risada tinham um som metálico seco.

"Quando surgiu a chance de ir embora, essa omissão me foi muito útil. Quando Jack, um conhecido da escola de algumas pessoas na vizinhança, apareceu, vindo da América do Sul, cheio do ouro, não havia ninguém para dizer a ele que eu era de cor, e muitos para lhe contar da severidade e da religiosidade da Tia Grace e da Tia Edna. Você pode adivinhar o resto. Depois que ele veio, parei de sair de fininho para ir ao Lado Sul e passei a sair de fininho para encontrá-lo. Por fim, não tive grandes dificuldades em convencê-lo de que era inútil falar em casamento com as tias. Então, no dia em que fiz dezoito anos, fomos e nos casamos. É isso. Nada poderia ser mais fácil."

"Sim, posso ver que para você foi bem fácil. À propósito! Estava me perguntando por que não avisaram a meu pai que você estava casada. Ele foi tentar descobrir o que tinha se passado contigo quando parou de nos visitar. Tenho certeza de que elas não lhe disseram. Não que você tinha se casado."

Os olhos de Clare Kendry brilhavam com lágrimas que não caía. "Oh, que amável! Se importar comigo a ponto de fazer isso. Que doce homem! Bem, elas não disseram a ele porque não sabiam de nada. Tomei esse cuidado, porque não tinha como ter certeza de que a consciência daquelas duas não iria começar a incomodar e fazer com que dessem com a língua nos dentes. As velhas provavelmente achariam que eu estava vivendo em pecado onde quer que eu estivesse. E é mais ou menos o que elas esperavam que acontecesse comigo."

Um sorriso de contentamento acendeu seu amável rosto por uma fração de segundo. Após algum silêncio, ela falou sobriamente: "Mas eu sinto muito que elas tenham contado isso a seu pai. Eu não tinha previsto isso."

"Não tenho certeza de que contaram a ele", Irene disse-lhe. "Pelo menos ele não falou nada."

"Ele não falaria, Rene querida. Não o seu pai."

"Obrigada. É verdade, ele não falaria."

"Mas você nunca respondeu minha pergunta. Diga-me, honestamente, você nunca pensou em 'passar-se'?"

Irene responde prontamente: "Não. Por que eu o faria?" E sua voz e seus gestos foram tão desdenhosos que as faces de Clare coraram e seus olhos cintilaram. Irene apressou-se em dizer: "Sabe, Clare, eu tenho tudo o que quero. Exceto, talvez, um pouco mais de dinheiro."

E com isso Clare riu, sua breve raiva desapareceu tão rápido quanto havia surgido. "É claro", declarou, "é o que todo mundo quer, só um pouquinho mais de dinheiro, até mesmo as pessoas que já o têm. Dinheiro é uma coisa muito boa de se ter. De fato, levando tudo em conta, acho, Rene, que até vale o custo."

Irene só pôde dar de ombros. Sua razão concordava parcialmente, seu instinto se rebelava completamente. E ela não conseguia dizer o porquê. E, ainda que consciente de que, se não se apressasse, iria se atrasar para o jantar, ela permaneceu. Era como se a mulher sentada do outro lado da mesa — uma garota que ela conhecia, que havia feito essa coisa perigosa e (para Irene Redfield) repugnante, com sucesso, e se anunciava satisfeita — exercesse nela um fascínio estranho e absorvente.

Clare Kendry estava ainda recostada na cadeira, seus ombros relaxados contra o espaldar esculpido. Tinha um ar de segura indiferença, como se tivesse arranjado, ou desejado, assim. Emanava dela uma leve sugestão de insolência educada que muitas mulheres trazem de nascença, enquanto outras o adquirem na medida em que enriquecem ou ganham importância.

Clare, e isso deu a Irene certa satisfação em recordar, não tinha adquirido essa postura ao passar-se por branca. Ela sempre a tivera.

Do mesmo jeito que ela sempre tivera aquele cabelo dourado frouxamente puxado por trás de uma larga fronte, parcialmente escondida por um chapéu. Seus lábios, pintados de um vermelho-gerânio brilhante, eram doces e delicados, com um toque de obstinação. Uma boca tentadora. O rosto, entre a testa e as bochechas, era um tanto largo demais, mas a pele de marfim tinha um suave lustre particular. E os olhos eram magníficos! Escuros, algumas vezes totalmente negros, sempre luminosos, e engastados em longos e negros cílios. Olhos que capturavam, lentos e hipnóticos e, mesmo cálidos, tinham algo de recolhido e secreto.

Ah! É claro. Eram olhos de negro! Misteriosos e furtivos. E postos nesse rosto de marfim com esse cabelo luminoso, havia algo de exótico neles.

Sim, o charme de Clare Kendry era absoluto, incontestável, graças àqueles olhos, que sua avó e, depois sua mãe e seu pai, haviam lhe dado.

Daqueles olhos vinha um sorriso e, em Irene, a sensação de ser acariciada. Ela sorriu de volta.

"Talvez", Clare sugeriu, "você possa vir na segunda quando tiver voltado. Ou, se não puder, na terça, então."

Com um leve suspiro de lamento, Irene informou a Clare que ela receava não estar de volta na segunda e que estava certa de que havia dezenas de coisas para ela fazer na terça, e que partiria na quarta. Poderia ser, no entanto, que ela conseguisse um tempo na terça.

"Ah, por favor, tente. Deixe alguém na mão. Os outros podem vê-la o tempo todo, mas eu... Puxa, talvez eu nunca mais a veja! Pense nisso, Rene. Você tem que vir. Você precisa vir! Nunca a perdoarei se não vier!"

Naquele momento, pareceu horrível pensar em nunca mais tornar a ver Clare Kendry. Diante do apelo, do carinho, dos olhos, Irene teve o desejo, a esperança, que aquela despedida não fosse a derradeira.

"Vou tentar, Clare", prometeu gentilmente. "Eu ligo para você... ou você me liga?"

"Acho que, talvez, seja melhor eu ligar. O número do seu pai está na lista telefônica, eu sei, e o endereço é o mesmo. Sessenta e quatro, dezoito. Que memória, não é? Agora lembre-se. Vou estar te esperando. Você tem que dar um jeito de vir."

De novo aquele peculiar e suave sorriso.

"Vou fazer o possível, Clare."

Irene recolheu suas luvas e a bolsa. Levantaram. Ela estendeu sua mão. Clare a tomou e segurou.

"Foi muito bom voltar a vê-la, Clare. Meu pai vai ficar muito feliz de ter notícias suas!"

"Até terça, então", respondeu Clare Kendry. "Vou passar todos os minutos até lá esperando voltar a vê-la. Adeus, querida Rene. Mande esse beijo e meu amor para ele."

O sol já não estava a pino, mas as ruas continuavam como fornalhas ardentes. A lânguida brisa ainda estava quente, e as pessoas ressecadas pareciam ainda mais murchas do que antes de Irene fugir do contato com elas.

Ao atravessar a avenida no calor, longe do frescor do terraço do Drayton, longe da sedução do sorriso de Clare Kendry, percebeu sua irritação consigo mesma por ter desfrutado e até por sentir-se um pouco lisonjeada pelo evidente encantamento da outra pelo encontro.

Sua irritação foi aumentando à medida que avançava suando em direção à casa, e ela começou a se perguntar o que tinha lhe dado na cabeça para prometer achar tempo, nos atulhados dias que restavam de sua visita, para passar outra tarde com uma mulher cuja vida havia definitiva e deliberadamente divergido da sua; e que, como ela indicou, talvez nunca voltasse a ver.

Por que ela foi fazer tal promessa?

Quando subia os degraus da casa de seu pai, pensando no interesse e no assombro com que ele ouviria sua história do encontro da tarde, ocorreu-lhe que Clare havia omitido mencionar seu sobrenome de casada. Havia se referido a seu marido como "Jack". E isso foi tudo. Será que, perguntou-se Irene, fora de propósito?

Clare só precisava pegar o telefone para se comunicar com ela, ou enviar um cartão, ou tomar um táxi. Mas ela não tinha como entrar em contato com Clare por nenhum meio. Tampouco poderia perguntar a outra pessoa, a quem contasse sobre o encontro.

"Como se eu fosse contar a alguém!"

Girou a porta. Entrou. Seu pai, aparentemente, ainda não havia chegado em casa.

Irene decidiu que, por fim, não diria nada a ele sobre Clare Kendry. Disse a si mesma que não estava disposta a falar de uma pessoa que tinha uma opinião tão baixa sobre sua lealdade, ou discrição. E certamente não tinha a intenção de fazer o menor esforço em relação a terça-feira. Nem a qualquer outro dia.

    Clare Kendry, para ela, era caso encerrado.

Três

Na terça de manhã um domo de céu cinzento pairou sobre a cidade ressecada, mas o ar sufocante não foi aliviado pela neblina cor de prata que prometia a chuva que não caiu.

Para Irene Redfield, essa névoa suave foi mais uma razão para não fazer nada a respeito de ver Clare Kendry naquela tarde.

Mas ela a viu.

O telefone. Por horas tocou como se fosse possuído. Desde as nove ela ouvia a campainha insistente. Ela se manteve resoluta, dizendo firmemente a cada vez: "Não estou, Liza. Tome nota do recado." E a cada vez, a criada voltava com a informação: "É a mesma senhora, madame. Ela diz que vai ligar novamente."

Porém ao meio dia, seus nervos em frangalhos e sua consciência martelando sob o olhar reprovador no rosto de ébano de Liza quando estava para dispensá-la mais uma vez, Irene enfraqueceu:
"Ah, deixa para lá. Vou atender, Liza."
"É ela de novo."
"Alô... Sim."
"É Clare, Rene... Por onde você esteve?... Consegue chegar aqui às quatro?... O quê? — Mas, Rene, você prometeu! Só por um pouquinho... Você pode, se quiser... Estou tão desapontada. Estava contando em vê-la... Por favor, seja boazinha e venha. Só por um minuto. Tenho certeza de que consegue, se tentar... Não vou implorar para você ficar... Sim... Vou estar te esperando... Estou no Morgan... Ah, sim! O sobrenome é Bellew, senhora John Bellew... Em torno das quatro, então... Vou ficar tão feliz de te ver... Até lá."
"Maldição!"
Irene bateu o gancho com um golpe enfático, seus pensamentos cheios de autorreprovação. De novo. Deixou que Clare Kendry a persuadisse a prometer algo que ela nem desejava nem poderia. O que será que tinha na voz de Clare para ter tanto apelo, tanta sedução?

Clare a recebeu no saguão, com um beijo. Disse: "Bondade da sua parte ter vindo, Rene. Mas você sempre foi boa comigo." E sob seu potente sorriso, uma parte do incômodo de Irene se esvaiu. Ficou até um pouco contente por ter ido.

Clare abriu o caminho, pisando de mansinho em direção a um cômodo cuja porta estava parcialmente aberta, dizendo. "Tenho uma surpresa. É uma festa de verdade. Veja."

Ao entrar, Irene encontrou-se em uma sala de estar, ampla e alta, em cujas janelas pendiam cortinas de um azul chamativo, que desviavam a atenção, triunfantes, da sombria mobília cor de chocolate. E Clare estava usando um vestido leve e esvoaçante do mesmo tom de azul, que combinava com ela e com a sala um tanto difícil, à perfeição.

Por um minuto, Irene pensou que a sala estava vazia, mas, ao voltar a cabeça, descobriu, enfiada nas almofadas de um enorme sofá, uma mulher a encarando com tanta concentração como se a força daquela visão a tivesse paralisado. À princípio, Irene a tomou por uma estranha, mas quase no instante seguinte, disse em um tom nada simpático, quase que com uma voz ríspida: "E como vai você, Gertrude?"

A mulher meneou a cabeça e forçou um sorriso nos lábios que faziam beicinho. "Eu vou bem", respondeu. "E você continua a mesma, Irene. Não mudou nada."

"Obrigada", respondeu Irene, enquanto escolhia um assento. Pensava: "Meu Deus! Duas delas."

Porque Gertrude também havia se casado com um homem branco, ainda que não se pudesse dizer francamente que ela estivesse "se passando". Seu marido — qual era mesmo seu nome? — tinha frequentado a escola com ela e estava bem ciente, bem como sua família e a maioria dos seus amigos, que ela era uma negra. Isso não parecia ter importância para ele. Será que importava agora?, perguntou-se. Será que Fred — Fred Martin, esse era seu nome — alguma vez se arrependera de ter se casado com Gertrude por conta da raça dela? E Gertrude, teria?

Virando-se para Gertrude, Irene perguntou:

"E Fred, como vai? Fazem incontáveis anos que não o vejo."

"Ah, ele está bem", Gertrude respondeu lacônica.

Por um minuto inteiro, ninguém disse uma palavra. Por fim, do opressivo silêncio, veio a voz agradável abrindo a conversa. "Vamos servir o chá agora mesmo. Sei que você não pode ficar muito tempo, Rene. E estou com tanta pena de você não poder ver Margery. Subimos o lago no fim de semana para visitar uns amigos de Jack, perto de Milwaukee. Margery quis ficar com as crianças. Fiquei com pena e a deixei ficar, especialmente agora que faz tanto calor na cidade. Mas espero que Jack chegue a qualquer minuto."

Irene disse sucinta: "Tudo bem."

Gertrude manteve-se calada. Estava, dava para ver, um pouco desconfortável. Sua presença ali perturbou Irene e provocou nela uma sensação defensiva e rancorosa, para a qual ela não tinha, no momento, nenhuma explicação. Mas para ela parecia estranho que a mulher que agora era Clare tivesse convidado a mulher que Gertrude era. Mas, é claro, Clare não tinha como saber. Doze anos se passaram desde que se viram pela última vez.

Mais tarde, quando analisou sua sensação de incômodo, Irene admitiu, com certa relutância, que provinha de uma sensação de estar em menor número, um senso de solidão, na sua adesão a sua própria classe e raça; não somente na grande coisa que é o casamento, mas em todo o padrão de vida também.

Clare voltou a falar, agora por mais tempo. Sua conversa era sobre as mudanças que notou em Chicago depois de sua longa ausência, sobre as cidades europeias. Sim, disse ela em resposta a alguma pergunta de Gertrude, ela havia voltado aos Estados Unidos uma vez ou outra, mas somente a Nova York e Filadélfia, e uma vez tinha passado uns dias em Washington. John Bellew, que, ao que parece, era algum tipo de agente bancário internacional, não queria exatamente trazê-la consigo nessa viagem, mas assim que soube que ele provavelmente passaria por Chicago, ela decidiu-se por vir.

"Eu simplesmente tinha de vir. E, assim que cheguei, decidi que tinha de encontrar algum conhecido e descobrir o que aconteceu com todo mundo. Não sabia como, mas sabia que conseguiria. De algum jeito. Tinha acabado de decidir-me a arriscar e dar uma passada por sua casa, Rene, ou te ligar para combinar um encontro, quando esbarrei em você. Que sorte!"

Irene concordou que era uma sorte. "É a primeira vez que passo em casa, em cinco anos, e agora estou prestes a ir embora. Mais uma semana, e eu não estaria aqui. E como você conseguiu encontrar Gertrude?"

"Na lista telefônica. Eu me lembrava de Fred. O pai dele ainda tem o açougue."

"Ah, sim", disse Irene, que só se lembrou quando Clare falou, "na Cottage Grove, perto da..."

Gertrude entrou na conversa. "Não. Mudou-se. Estamos na Maryland Avenue — costumava ficar na Jackson — agora. Perto da rua Sessenta e Três. E o açougue chama-se "Fred's". O nome dele é o mesmo do pai."

Gertrude, pensou Irene, tinha cara de esposa de açougueiro. Da sua beleza juvenil, que fora tão admirada na escola, não restava nenhum vestígio. Ela havia inchado, estava quase gorda, e ainda que não houvesse rugas na sua cara larga e branca, a suavidade havia de alguma forma envelhecido prematuramente. Seu cabelo negro fora cortado, e de algum jeito infeliz, perdeu os vivos cachos. Seu vestido de *crêpe Georgette* era curto demais e revelava um pedaço assustador de coxas, pernas robustas em meias frouxas de um tom de bege rosado vívido. Suas mãos gorduchas haviam recebido uma manicure não muito competente e recente — feitas, talvez, para a ocasião. E ela não fumava.

Clare disse — e Irene quis imaginar que a voz rouca dela tinha uma ligeira provocação no tom — "Antes de você chegar, Irene, Gertrude estava me contando de seus dois meninos. Gêmeos. Já pensou? Não é absolutamente maravilhoso?"

Irene sentiu um calor irradiando em suas faces. Incrível como Clare conseguia adivinhar no que ela estava pensando. Sentia-se um pouco deslocada, mas seus modos eram inteiramente confortáveis, quando disse: "Que bom. Também tenho dois meninos, Gertrude. Mas não são gêmeos. Acho que Clare ficou para trás, não é?"

Gertrude, no entanto, não tinha tanta certeza sobre Clare. "Ela tem uma menina. Eu queria uma menina. Fred também."

"Isso não é meio incomum?" Irene perguntou. "A maioria dos homens prefere filhos. Egocentrismo, eu suponho."

"Bem, Fred, não."

O chá e os apetrechos foram dispostos em uma mesinha ao lado de Clare. Ela dedicou a eles sua atenção, vertendo o rico fluido âmbar da jarra alta de vidro nos finos copos, que distribuiu para as convidadas, e em seguida lhes ofereceu limão ou creme e pequenos sanduíches ou bolos.

Após erguer o própria copo, as informou: "Não, não tenho meninos, e acho que nunca os terei. Sou medrosa. Quase morri de terror durante os nove meses antes de Margery nascer, de medo que ela saísse escura. Graças a Deus, ela acabou saindo direito. Mas nunca vou arriscar de novo. Nunca! A tensão é simplesmente muito... infernal!"

Gertrude Martin fez com a cabeça um sinal de completa compreensão.

Agora foi a vez de Irene dizer nada.

"Nem precisa me dizer!", disse Gertrude, com fervor. "Sei muito bem o que é isso. Não pense que eu não morri de medo. Fred dizia que eu era boba, e a mãe dele também. Mas, é claro, eles achavam que era só uma ideia que eu tinha metido na cabeça e diziam que era por conta da minha condição. Eles não sabem o que a gente sabe, como pode ir bem para trás e sair escuro, não importando de que cor são o pai e a mãe."

O suor prendia-se em sua testa. Seus olhos estreitos rolaram primeiro para os de Clare, depois, na direção de Irene. Enquanto falava, agitava as mãos pesadas.

"Não", prosseguiu. "Também não quero mais isso para mim. Nem mesmo uma garota. É horrível o modo como salta uma geração e de repente sai. Ele chegou a me dizer que não se importava com a cor que aparecesse, e que eu parasse de me preocupar com isso. Mas é claro que ninguém quer um filho escuro." Seu tom era sincero, e ela assumia que suas interlocutoras estivessem de total acordo.

Irene, que havia erguido a cabeça abruptamente, disse então com a voz de tons planos da qual se orgulhava: "Um dos meus meninos é escuro."

Gertrude teve um sobressalto como se tivesse sido baleada. Seus olhos saltaram. Sua boca se escancarou. Tentou falar, mas não pôde tirar as palavras imediatamente. Finalmente, conseguiu gaguejar: "Oh! E seu marido, ele é... é... escuro também?"

Irene, que lutava contra uma enxurrada de sentimentos, rancor, raiva e desprezo, mantinha-se, no entanto, capaz de responder tão tranquila, como se não se sentisse deslocada ou desprezasse a companhia com a qual se encontrava, bebendo chá gelado em uma taça âmbar naquela tarde quente de agosto. Seu marido, ela as informou calmamente, não poderia, exatamente, "passar-se".

Diante dessa resposta, Clare virou para Irene com seu sorriso cálido e sedutor e observou, com certo desdém, "acho mesmo que as pessoas de cor — nós — são bobas demais a respeito de algumas coisas. Afinal de contas, isso não importa para Irene e para centenas de pessoas. E não é terrível, nem para você, Gertrude. São só os desertores, como eu, que temos de ter medo das bizarrices da natureza. Como meu inestimável pai costumava dizer, "tudo tem seu preço". Agora, uma de vocês duas me diga, por favor, o que aconteceu com Claude Jones. Vocês sabem, aquele sujeito alto, desajeitado, que usava aquele bigodinho cômico, de quem as meninas costumavam rir. Era tipo uma tripinha de ferrugem. O bigode, quero dizer."

Com isso Gertrude gargalhou. "Claude Jones!", e começou a história de como ele já não era mais um negro ou um cristão, mas tinha se transformado em um judeu.

"Um judeu!", exclamou Clare.

"Sim. Um judeu. Um judeu negro, como ele se diz. Não come presunto e vai para a sinagoga aos sábados. Ele agora usa barba além do bigode. Vocês iriam morrer de rir se o vissem. Sério, é engraçado demais para explicar. Fred diz que ele ficou louco, e eu acho que é o caso. É uma comédia, pura comédia!", e voltou a guinchar.

O riso de Clare arrefeceu. "Sim, parece bem engraçado. Mas, no final das contas, isso é problema só dele. Se ele se deu melhor virando..."

Nesse ponto, Irene, que ainda estava abraçada a seu sentimento infeliz e indiferente de retidão moral, interrompeu mordaz: "Está claro que não ocorreu para você nem para Gertrude que ele pode talvez estar sendo sincero na mudança de religião. Certamente, nem todo mundo faz de tudo só para se dar bem."

Clare Kendry não precisou pesquisar o real sentido daquela interjeição. Corou levemente e replicou seriamente: "Sim, admito que talvez seja possível — que ele seja sincero, quero dizer. Só que, simplesmente, não pensei nisso. Estou surpresa" e a seriedade mudou para zombaria "por você esperar que eu pensasse. Ou não esperou?"

"Você não imagina, tenho certeza, que essa seja uma pergunta que eu possa responder", Irene lhe disse. "Pelo menos não aqui e agora."

O rosto de Gertrude expressou completa perplexidade. No entanto, ao ver que leves sorrisos emergiram nos rostos das outras duas mulheres, e não reconhecendo estes como sorrisos de mútua reprovação, o que de fato eram, ela sorriu também.

Clare começou a falar, desviando cautelosamente de tudo o que pudesse levar em direção à raça ou a outros temas espinhosos. Foi a mais brilhante exposição de halterofilismo conversacional que Irene já havia visto. As palavras de Clare as cobriram como correntes charmosas e bem moduladas. Suas risadas tiniam e ressoavam. Suas anedotas refulgiam.

Irene contribuía com um cru "sim" ou "não", aqui e ali. Gertrude, com um "não diga!" menos frequente.

Por um momento, a ilusão de conversa geral foi quase perfeita. Irene sentiu que seu ressentimento mudava gradualmente para uma silenciosa e um tanto rancorosa admiração.

Clare continuou falando, sua voz, seus gestos, colorindo tudo o que contava sobre os tempos de guerra na França, no pós-guerra na Alemanha, excitação sobre quando houve o ataque à Inglaterra, ou da reabertura dos estilistas em Paris, sobre a nova alegria em Budapeste.

Porém não poderia durar muito esse banquete verbal. Gertrude remexeu-se em seu assento e passou a tamborilar com os dedos. Irene, entediada por fim com toda aquela repetição do mesmo que ela havia tantas vezes lido em jornais, revistas e livros, pôs a taça na mesa e recolheu sua bolsa e seu lenço. Estava esticando os dedos castanhos de sua luva em preparação para vesti-la quando ouviu o som da porta da casa sendo aberta e viu Clare saltar com uma expressão de alívio dizendo "Que ótimo! Jack chegou, e no exato minuto. Você não pode ir embora agora, querida Rene."

John Bellew entrou na sala. A primeira coisa que Irene notou a respeito dele é que não era o homem que ela havia visto com Clare Kendry no terraço do Drayton. Este homem, o marido de Clare, era uma pessoa mais para alta, corpulenta. Sua idade ela estimou entre trinta e cinco e quarenta. Seu cabelo era castanho e ondulado, e ele tinha uma boca suave, quase feminina, incrustada em um rosto de aparência um tanto doentia e da cor da massa de pão. Seus olhos de um cinza-aço opaco eram muito vivos, movendo-se sem parar entre pestanas espessas e azuladas. Mas não havia, decidiu Irene, nada fora do usual nele, a não ser uma impressão de força física latente.

"Olá, Nig", foi sua saudação a Clare.

Gertrude, que começava a erguer-se, voltou a se sentar e olhou secretamente para Irene, que havia prendido o lábio com seus dentes e olhava admirada para o marido e a esposa. Era difícil de acreditar que até mesmo Clare Kendry pudesse permitir ter sua raça ridicularizada por um estranho, mesmo que este fosse seu marido. Então ele sabia, ao fim das contas, que Clare era uma negra? Pela conversa do outro dia, Irene havia compreendido que ele não sabia. Mas que grosseria, certamente um insulto isso de ele chamá-la assim na presença das convidadas!

Nos olhos de Clare, quando apresentava seu marido, havia um brilho estranho, uma zombaria talvez. Irene não conseguia definir.

Uma vez concluída a mecânica das apresentações, ela perguntou: "Ouviu do que o Jack me chamou?"

"Sim", Gertrude respondeu, rindo com uma disposição obediente.

Irene nada falou. Seu olhar manteve-se focado no rosto sorridente de Clare.

Os olhos negros fluíram para baixo. "Conta para elas, meu bem, porque me chamou assim."

O homem deu risadinhas, espremendo os olhos, não desconfortavelmente, Irene sentiu-se obrigada a reconhecer. Explicou: "Bem, vocês vejam, é assim. Quando nos casamos, ela era branca como um — como um — bem, branca como um lírio. Mas eu afirmo que ela está ficando cada vez mais escura. Eu digo para ela que, se não se cuidar, um dia desses vai acordar e descobrir que se transformou em uma *nigger*."

Soltou uma risada ruidosa. A risada de Clare, tinindo como um sino, juntou-se à dele. Gertrude, após mais uma mudança desconfortável em seu assento, acrescentou a sua, estridente. Irene, que estava sentada com os lábios bem comprimidos, gritou "essa é boa!" e começou a gargalhar. Ela ria e ria e ria. As lágrimas escorriam de seu rosto. Suas faces doíam. Sua garganta ardia. Ela riu e continuou a rir, bem depois de as risadas dos outros terem abrandado. Até que, atentando para o rosto de Clare, a necessidade de um riso mais contido para essa piada impagável, bem como de cautela, a atingiu. E cessou de vez.

Clare entregou a seu marido o chá e pôs sua mão nos ombros dele, com um leve gesto de afeto. Falando com confiança, e também por diversão, disse: "Por deus, Jack! Que diferença faria se, depois de todos esses anos, você descobrisse que eu era um ou dois por cento de cor?"

Bellew estendeu a mão em um movimento de repúdio, final e definitivo. "Oh não, Nig", declarou. "Comigo não tem isso. Sei que você não é uma *nigger*, então está tudo bem. Por mim você pode ficar mais preta o quanto quiser, já que sei que você não é nenhuma *nigger*. Esse é o meu limite. Nada de *niggers* na minha família. Nunca houve e nunca haverá."

Os lábios de Irene tremiam de modo quase incontrolável, mas ela fez um esforço desesperado para conter seu desastroso desejo de voltar a rir, e conseguiu. Ao selecionar cautelosamente um cigarro da caixa laqueada na mesa diante de si, voltou um olhar oblíquo para Clare e encontrou seus olhos peculiares fixados nela, com uma expressão tão sombria e profunda e imperscrutável que teve, por um breve momento, a sensação de encarar os olhos de alguma criatura completamente estranha e alheia. Um leve senso de perigo a fez corar, como o hálito de uma neblina gelada. Absurdo, seu juízo disse a ela, enquanto aceitava o fogo que Bellew oferecia para seu cigarro. Outra olhadela para Clare mostrou que ela sorria. Do mesmo modo, sempre pronta a obedecer, Gertrude sorria.

Para quem chegasse agora, refletiu Irene, aquele pareceria o mais caloroso dos chás, cheio de sorrisos, piadas e risadas hilariantes. Ela disse, com humor, "então não gosta dos negros, senhor Bellew?" Mas sua curiosidade estava somente em seus pensamentos, não em suas palavras.

John Bellew deu uma curta risada de contestação. "Não me entenda mal, senhora Redfield. Não é nada disso. Não é que eu não goste deles: eu os odeio. E Nig também odeia, mesmo que esteja tentando tornar-se uma. Ela não aceitaria uma criada negra aqui, nem por amor nem por dinheiro. Não que eu quisesse também. Elas me dão arrepios. Esses nojentos desses demônios pretos."

Isso não era engraçado. Teria Bellew, perguntou Irene, conhecido algum negro? O tom defensivo em sua voz disparou outra mexida nas cadeiras da desconfortável Gertrude, e, mesmo com toda a aparente serenidade, um rápido olhar de reprovação da parte de Clare.

Bellew respondeu: "Graças a Deus, não! E espero não conhecer! Mas conheço gente que os conhece melhor do que esses pretos conhecem a si mesmos. E leio nos jornais a respeito deles. Sempre roubando e matando as pessoas. E...", acrescentou, soturno, "coisa pior".

Da direção de Gertrude veio um estranho som suprimido, como uma fungada ou um riso. Irene não conseguia identificar. Houve um breve silêncio, durante o qual ela temeu que seu autocontrole estivesse a ponto de mostrar-se frágil demais para conter sua crescente raiva e indignação. Sentiu um ímpeto de gritar para o homem ao seu lado: "e você está aqui, cercado de três demônios pretos, bebendo chá".

O impulso passou, obliterado pela consciência do perigo no qual tal rudeza poderia envolver Clare, que comentou, com um leve tom de reprovação: "Jack, meu bem, tenho certeza de que Rene não está interessada em suas aversões preferidas. Nem Gertrude. Talvez elas leiam os jornais também, sabe?" Ela sorriu para ele, e seu sorriso pareceu transformá-lo, suavizando-o e amaciando-o, como os raios do sol fazem com as frutas.

"Tem razão, Nig, minha velha. Sinto muito", desculpou-se. Estendendo a mão, tocou jocosamente a mão pálida de sua esposa, para então voltar-se para Irene. "Não quis aborrecê-la, senhora Redfield. Queira me perdoar", disse, manso. "Clare me disse que mora agora em Nova York. Que grande cidade, Nova York. A cidade do futuro."

Em Irene, a raiva não havia retrocedido, mas estava contida por alguma represa de precaução e aliança a Clare. Assim, na mais casual das vozes que pôde falar, concordou com Bellew. Ainda que, ela o fez lembrar, fosse exatamente o que os moradores de Chicago diriam da própria cidade. E, enquanto falava, pensava com espanto o quanto sua voz não tremia, o quanto ela parecia calma exteriormente. Somente suas mãos tremiam um pouco. Ela as recolheu do repouso no seu colo e comprimiu as pontas dos seus dedos, para que ficassem quietos.

"Seu marido é médico pelo que ouvi falar. Moram em Manhattan, ou em um dos outros distritos?"

Manhattan, Irene o informou, e explicou a necessidade de Brian ter fácil acesso a determinados hospitais e clínicas.

"Uma vida interessante a de um médico."

"Sim... Mas é uma vida dura. E, de certo modo, monótona. E pode acabar com seus nervos."

"Dura com os nervos das esposas, pelo menos, né? Com tantas pacientes mulheres." Ele riu, aproveitando, com um candor de menino, a piada senil.

Irene conseguiu dar um sorriso fugaz, mas sua voz estava séria quando disse: "Brian não liga para as mulheres, especialmente as doentes. Eu até queria que ele ligasse um pouco. O que o atrai mesmo é a América do Sul."

"Um lugar promissor a América do Sul, se ao menos eles se livrassem dos *niggers*. Está toda ocupada..."

"Sério, Jack?" A voz de Clare estava à beira da irritação.

"Sem querer, Nig. Esqueci." Para as outras, ele disse: "estão vendo como ela me mantém na rédea curta?" E, para Gertrude: "Ainda está em Chicago, senhora — er... — senhora Martin?"

Ele estava, dava para ver, fazendo o possível para ser agradável a essas velhas amigas de Clare. Irene teve de admitir que, em outras condições, ela talvez gostasse dele. Um homem razoavelmente bonito e de disposição amigável e, evidentemente, em uma boa situação. Direto e sem rodeios.

Gertrude respondeu que Chicago era boa o suficiente para ela. Nunca saíra de lá e achava que nunca sairia. O negócio de seu marido ficava lá.

"É claro, é claro. Não dá para se mandar e deixar um negócio para trás."

Seguiu-se uma conversa superficial sobre Chicago, Nova York, suas diferenças e as recentes e espetaculares mudanças.

Era, para Irene, inacreditavelmente espantoso que quatro pessoas conseguissem estar juntas, sem perder a compostura, tão ostensivamente amigáveis, enquanto estavam, na verdade, espumando de ódio, humilhação, vergonha. Mas não, pensando bem, ela teve de retificar sua opinião. John Bellew, certamente, estava imperturbável, tanto por fora quanto por dentro. Do mesmo jeito estava, talvez, Gertrude Martin. Ou pelo menos não tinha a mortificação e vergonha que Clare Kendry deveria estar sentindo, ou, em sua medida completa, a raiva e a rebeldia que ela, Irene, estava reprimindo.

"Mais chá, Rene?", ofereceu Clare.

"Obrigada, mas não. E tenho de ir. Vou partir amanhã, você sabe, e tenho muitas malas para fazer."

Levantou-se. E também Gertrude, e Clare, e John Bellew.

"O que acha do Drayton, senhora Redfield?", perguntou este último.

"O Drayton? Oh, gosto muito. Muito mesmo", respondeu Irene, com os olhos zombeteiros voltados para o rosto impávido de Clare.

"É um belo lugar mesmo. Me hospedei lá uma ou duas vezes", o homem a informou.

"Sim, belo lugar", Irene concordou. "Quase tão bom quanto os melhores lugares de Nova York." Ela havia retirado seu olhar de Clare e remexia sua bolsa em busca de algo inexistente. Sua compreensão foi crescendo rapidamente, assim como sua pena e seu desprezo. Clare era tão ousada, tão amável, e tão "tendo um caso".

Estenderam suas mãos para Clare com os murmúrios apropriados. "Que bom te ver"... "Espero voltar a te ver em breve."

"Adeus", devolveu Clare. "Que bom que vocês vieram, querida Rene. E você também, Gertrude."

"Adeus, senhor Bellew"... "Foi um prazer conhecê-lo". Foi Gertrude quem disse. Irene não poderia, ela não conseguiria se forçar a pronunciar aquela educada ficção ou nada parecido.

Ele as acompanhou até o saguão e chamou o elevador.

"Adeus", disseram de novo ao entrar.

Enquanto afundavam dentro do mecanismo, ficaram em silêncio.

Atravessaram o lobby sem se falarem.

Contudo, assim que alcançaram a rua, Gertrude, como quem não conseguisse manter engarrafado por nem mais um minuto aquilo que ela tinha retido por uma hora, explodiu: "Meu deus! Que situação horrorosa! Ela deve estar louca de pedra!"

"Sim, certamente parece arriscado", Irene admitiu.

"Arriscado! Eu que o diga! Arriscado! Meu Deus! Que palavra! E a confusão que ela está armando para si mesma!"

"Ainda assim, acho que ela está a salvo. Eles não moram aqui, você sabe. E têm uma filha. Isso dá certa segurança."

"Mas é uma situação horrorosa mesmo assim", insistiu Gertrude. "Nunca no mundo eu teria me casado com Fred sem que ele soubesse. Você não tem como saber o que vai dar."

"Sim, concordo que é mais seguro contar. Mas aí Bellew não teria se casado com ela. E, afinal de contas, é tudo o que ela queria."

Gertrude sacudiu a cabeça. "Eu não queria estar no lugar dela nem por todo o dinheiro que ela está ganhando, quando ele descobrir. Não com ele pensando desse jeito. Jesus! Não é horrível? Por um minuto fiquei tão irritada que quase dei-lhe um tabefe."

Tinha sido, Irene reconheceu, uma experiência extraordinariamente desafiante, e também muito desagradável. "Eu mesma estava mais do que um pouco zangada."

"E imagine que ela não nos contou o que ele achava! O que poderia ter acontecido? Você poderia ter dito algo."

Isso, Irene observou, era bem coisa de Clare Kendry. Correr um risco e não pensar sequer nos sentimentos dos outros.

Gertrude disse: "Talvez ela tenha pensado que você acharia engraçado. E eu acho que você achou. Do jeito que você riu. Nossa! Morri de medo que ele se tocasse."

"Bem, foi meio que uma piada", disse-lhe Irene, "só não sei se era para rir dele, de nós ou, talvez dela."

"De qualquer modo, foi muito arriscado. Eu odiaria estar no lugar dela."

"Ela parece satisfeita. Conseguiu o que queria. E no outro dia ela disse que valia a pena."

Mas a respeito disso Gertrude estava cética. "Ela vai descobrir que não", foi seu veredito. "Com certeza vai descobrir que não."

A chuva começou a cair, alguns pingos grossos e esparsos.

As multidões do fim do expediente estavam correndo para seus bondes elétricos e viadutos.

Irene disse: "Está indo para o Sul? Me desculpe, eu tenho uma coisa para fazer. Se não se importa, vou me despedir aqui. Foi bom vê-la de novo, Gertrude. Diga alô a Fred por mim, e para sua mãe, se ela se lembrar de mim. Adeus."

Ela queria se livrar da outra, ficar sozinha. Ainda estava magoada e com raiva.

Que direito, ficou perguntando a si mesma, tinha Clare Kendry de expô-la, ou mesmo de expor Gertrude Martin, a tamanha humilhação, a tal insulto?

Ao mesmo tempo, enquanto se apressava para a casa de seu pai, Irene Redfield tentava entender a expressão no rosto de Clare quando se despediram. Parte era zombaria, ao que parece, e parte era ameaça. E ainda alguma coisa que ela não conseguia nomear. Por um instante, um recrudescimento daquela sensação de medo que ela sentira ao encarar o olhar de Clare naquela tarde a tocou. Um leve arrepio a atravessou.

"Não é nada", disse a si mesma. "É só alguém andando sobre minha sepultura, como dizem as crianças." Tentou rir um pouco e se surpreendeu à beira das lágrimas.

A que pobre estado ela permitiu que aquele horrível Bellew a deixasse!

E mesmo no fim da noite, bem depois do último convidado ter ido embora, e quando a casa estava quieta, ela postou-se à janela olhando cismada para fora, intrigada mais uma vez com aquele olhar no rosto incrivelmente belo de Clare. No entanto, não conseguia, por mais que tentasse, chegar a uma conclusão quanto ao significado. Era insondável, muito além de sua compreensão ou experiência.

Afastou-se da janela, com uma expressão ainda mais carregada no olhar. Afinal de contas, por que iria se importar com Clare Kendry? Ela era capaz de tomar conta de si mesma, e sempre tomou. E havia outras coisas, para Irene, outras coisas, mais pessoais e mais importantes, com que se preocupar.

Além do mais, sua consciência lhe disse, ela mesma era a única culpada pela tarde desagradável e pelos subsequentes temores e questionamentos. Ela nunca deveria ter ido.

Quatro

A manhã seguinte, dia da sua partida para Nova York, trouxe uma carta, a qual, à primeira vista, ela instintivamente soube que vinha de Clare Kendry, ainda que não conseguisse se lembrar de alguma vez ter recebido uma carta dela. Ao rasgar o envelope e olhar a assinatura, viu que seu palpite estava certo. Disse a si mesma que não a leria. Não tinha tempo para isso. E, além disso, não tinha a menor vontade de recordar a tarde passada. Não se sentia repousada para viajar: passou uma noite terrível. E tudo por conta de Clare e de sua inata falta de consideração pelo sentimento alheio.

No entanto a leu. Após seu pai e amigos terem se despedido, e de se apressar para tomar o rumo do leste, foi possuída por uma incontrolável curiosidade de ver o que Clare teria dito sobre o dia anterior. Mas o que, afinal, ela se perguntou, enquanto retirava a carta da bolsa e a abria, poderia Clare, ou qualquer outra pessoa, dizer a respeito daquilo?

Clare Kendry dissera:

Rene querida,
Como poderei agradecê-la pela visita? Sei que você sente que, dadas as circunstâncias, eu não deveria tê-la convidado, ou melhor, insistido para que viesse. Mas se pudesse saber o quanto eu fiquei feliz, o quanto fiquei alegre e animada, por ter encontrado você e como eu fiquei louca de vontade de vê-la (e de ver todo mundo e não poder), entenderia minha necessidade de voltar a vê-la, e talvez possa me perdoar um pouquinho.
Meu amor sempre e sempre para você e para seu querido pai, e o meu pobre "obrigada".
Clare.

E havia um pós-escrito que dizia:

Pode ser, querida Rene, pode até ser que, no fim das contas, seu jeito seja mais sábio e infinitamente mais feliz que o meu. Eu já não sei. Pelo menos não estou tão segura quanto estava.
C.

Porém a carta não apaziguou Irene. Sua indignação não fora atenuada pela lisonjeira referência a sua sabedoria. Como se, pensou ela com raiva, alguma coisa pudesse dissipar a humilhação, ou ao menos parte dela, que ela sofrera na tarde do dia anterior por Clare Kendry.

Com uma meticulosidade pouco comum, rasgou a carta ofensiva em quadradinhos que esvoaçaram e formaram um montinho no *crêpe de Chine* do seu colo. Após a completa destruição, ela os recolheu, ergueu-se e foi para o final do vagão. De lá, os soltou por cima do guarda-corpo e observou enquanto se dispersavam pelos trilhos, pelas cinzas, pela grama ressequida, pelos veios de água suja.

E aquilo, disse a si mesmo, era o fim. As chances eram uma em um milhão de voltar a pôr os olhos em Clare Kendry. Se, no entanto, surgisse essa milionésima chance, bastava desviar a vista, recusar-se a reconhecê-la.

Limpou Clare de sua mente e voltou seus pensamentos para os próprios assuntos. A casa, os meninos, Brian. Brian, que de manhã estaria esperando por ela na grande e barulhenta estação. Tinha esperança de que ele teria passado esses dias em conforto, e não muito solitário, sem ela e os meninos. Não tão solitário que permitisse voltar àquela velha e estranha inquietação dele; aquela ânsia por aquele lugar estranho e diferente, a qual, no começo do casamento, ela tivera de fazer tantos esforços para reprimir, e que ainda a deixava levemente alarmada, ainda que surgisse em intervalos gradualmente mais esparsos.

PARTE DOIS
Reencontro

UM

Tais eram as lembranças de Irene Redfield, quando estava em seu quarto, sob a luz de outubro que incidia sobre ela, segurando aquela segunda carta de Clare Kendry.

Deixando-a de lado, encarou com estupefação, que trazia em si um leve tom de prazer, a violência dos sentimentos que a carta instigara nela.

Não era a grande medida de raiva que a surpreendia ou quase a comprazia. Isso, ela tinha certeza, era justificado e razoável, assim como o fato de que permanecia forte e inabalada, mesmo depois de dois anos sem ver ou ouvir falar de John Bellew ou de Clare. Que, mesmo nessa data distante, a lembrança das palavras e dos modos daquele homem tivessem o poder de deixar suas mãos tremendo e o sangue pulsando em suas têmporas, não lhe parecia extraordinário. Mas que ela retivesse aquela tênue sensação de medo, de pânico, isso era surpreendente e tolo.

Que Clare tivesse lhe escrito, ou que, no fim das contas, tivesse expressado um desejo de voltar a vê-la, isso não a surpreendia tanto. Nunca ligar para o incômodo, o dissabor, ou o sofrimento dos outros: Clare era assim.

Bem — e Irene deu de ombros — uma coisa era certa: ela não precisava, nem tinha a intenção, de expor-se a qualquer repetição de uma humilhação tão irritante e ultrajante como aquela a que, em nome de Clare Kendry, ela teve de se submeter "naquela vez em Chicago". Uma vez já fora demais.

Se, quando fez sua escolha, Clare não calculou com precisão o custo, ela não tinha, mesmo assim, direito algum de esperar que os outros fizessem a conta. O problema com Clare é que ela queria um pássaro na mão e dois voando, e ainda um pouco do pássaro das outras pessoas.

Irene Redfield achou difícil se solidarizar com essa nova ternura, essa saudade de Clare por "minha própria gente".

A carta que ela acabara de deixar de lado era, para o seu gosto, um tanto pródiga na escolha das palavras, um bocado escancarada no modo de expressão. Trouxe-lhe, de novo, aquela antiga suspeita, a de que Clare estava fazendo um papel, talvez sem ter consciência disso — ou melhor, sem ter muita consciência disso — mas, de qualquer modo, atuando. E tampouco Irene estava inclinada a desculpar aquilo que ela considerava puro egoísmo da parte de Clare.

E, misturado com sua descrença e seu ressentimento, havia um outro sentimento, um questionamento. Por que ela mesma não falou naquele dia? Por que, face ao ódio e à aversão ignorante de Bellew, ela escondera a própria origem? Por que ela consentiu que ele fizesse suas afirmações e expressasse seus preconceitos sem contestação? Ora, simplesmente por conta de Clare Kendry, que a havia exposto a esse tormento, teria ela fracassado em defender a raça à qual pertencia?

Irene se fazia tais perguntas, as sentia. Eram, no entanto, meramente retóricas, como bem sabia. Ela sabia as respostas para cada uma delas, e era a mesma para todas as perguntas. Que impasse! Ela não poderia trair Clare, não poderia nem correr o risco de parecer estar defendendo um povo demonizado, por temor de aquela defesa pudesse em algum grau infinitesimal levar à revelação final de seu segredo. Ela tinha uma obrigação para com Clare Kendry. Estava ligada a ela por aqueles laços mesmos de raça, os quais, ainda que os repudiasse, Clare não conseguia romper.

E não é que Clare, e disso Irene sabia, ligasse para a raça ou se preocupasse com o que viria a ser. Ela não se importava. Ou que tivesse por algum de seus membros uma grande, ou mesmo real, afeição, ainda que professasse gratidão eterna pela pequena gentileza que a família Westover havia demonstrado a ela quando criança. Irene tinha dúvidas sobre a autenticidade, vendo a si mesma como um meio para chegar a um fim que interessava a Clare. Nem poderia dizer que ela tivesse o mais remoto interesse artístico ou sociológico pela raça que os membros de outras raças demonstravam. Ela não tinha. Não, Clare Kendry não se importava nada com a raça. Ela apenas pertencia à ela.

"Nem mais uma maldita vez!" Irene declarou em voz alta enquanto puxava uma fina meia sobre seu pé bege-pálido.

"Ahá! Praguejando de novo, não é, madame? Agora a peguei no flagra."

Brian Redfield havia entrado no quarto daquela maneira silenciosa a qual, apesar de tantos anos de convivência, ainda tinha o poder de desconcertá-la. Ficou olhando-a de cima, com aquele seu sorriso que lhe dava só um toque de ar de superioridade e, ainda assim, de alguma forma, ficava bem nele.

Com pressa, Irene puxou a outra meia e deslizou seus pés para dentro das pantufas ao lado de sua cadeira.

"E o que provocou esse estouro de profanidade em particular? Quer dizer, se é que um marido indulgente, porém indignado, pode saber. E uma mãe de família! Que tempos, que tempos!"

"Recebi essa carta", Irene lhe disse. "Qualquer pessoa admitiria que é o suficiente para fazer um santo praguejar. Que audácia!"

Passou a carta para ele e, ao fazê-lo, reprovou-se um pouco mentalmente. Percebeu o que estava fazendo: em vez de responder a sua pergunta com palavras, deu-lhe a carta para que se mantivesse ocupado enquanto ela se apressava em se vestir. Estava atrasada, de novo, e Brian, ela bem sabia, detestava isso. Por que será que nunca conseguia preparar-se a tempo? Brian acordara há horas, já tinha feito algumas ligações, além de ter levado os meninos para a escola, no centro da cidade. E ela ainda nem estava vestida, mal havia começado a se preparar. Maldita Clare! Aquela manhã era culpa dela.

Brian sentou-se e debruçou-se sobre a carta, franzindo a sobrancelha levemente no esforço de decifrar os garranchos de Clare.

Irene, que havia se levantado e estava em pé diante do espelho, passou o pente por seu cabelo negro, depois sacudiu a cabeça com um gesto característico seu para desarranjar um pouco as madeixas. Tocou com uma esponja de pó de arroz sua pele olivácea e em seguida pôs o vestido com um movimento tão apressado que só pôde ser adequadamente ajustado com alguma dificuldade. Por fim, ficou pronta, ainda que não tenha dito isso imediatamente. Em vez disso, ficou parada, olhando, com uma espécie de distanciamento curioso, seu marido no outro lado do quarto.

Brian, ela pensava, era extremamente bem apessoado. Não era, é claro, belo ou delicado; a leve irregularidade de seu nariz o salvava de ser belo, e o peso bem marcado de seu queixo o salvava de ser delicado. Mas ele era, de modo agradável e masculino, bem bonito. Quem sabe seria, talvez, apenas normalmente bem apessoado se não fosse pela riqueza, a beleza, de sua pele, que era de uma preciosa e fina textura e de uma cor escura acobreada?

Ele olhou por cima da carta e disse: "Clare? Deve ser aquela garota que você disse ter encontrado na última vez que viajou. Aquela com quem tomou chá?"

A resposta de Irene foi um meneio de cabeça.

"Estou pronta", disse.

Desceram as escadas, Brian, hábil e desnecessariamente pilotando-a em torno dos dois degraus curtos e curvados, logo antes do patamar central.

"Você não vai", perguntou, "encontrar-se com ela?"

Suas palavras, no entanto, não eram realmente uma pergunta, mas, como Irene sabia, uma admoestação.

Seus dentes frontais se encostaram. Ela falou por entre eles, e seu tom continha um fino sarcasmo. "Brian, querido, não sou tão idiota assim a ponto de não me tocar que se um homem me chama de *nigger*, será culpa dele da primeira vez, mas a culpa será minha se eu lhe der a oportunidade de me chamar assim de novo."

Foram para a sala de jantar. Ele puxou a cadeira para ela, que se sentou ao lado da cafeteira alemã barriguda, que exalava sua fragrância matinal, misturada com o cheiro de torradas estaladiças e do saboroso bacon, à distância. Com seus dedos longos e nervosos, ele tirou o jornal da manhã de sua cadeira e sentou-se.

Zulena, uma pequena criatura da cor do mogno, trouxe a toranja.

Ergueram suas colheres.

Em meio ao silêncio, Brian falou. Calmamente.

"Minha querida, acho que me entendeu errado. Só quis dizer que espero que você não deixe que ela a perturbe. E ela vai perturbá-la, você sabe, se lhe der uma mínima chance, se ela é realmente do jeito que me descreveu. De qualquer jeito, eles sempre fazem isso. Além do mais", corrigiu, "o homem, marido dela, não chamou você de *nigger*. Há uma diferença, você sabe."

"Não, ele certamente não me chamou. Não de fato. E nem poderia, já que não sabia. Mas teria me chamado. Dá no mesmo. E tenho certeza de que foi tão desagradável quanto se ele tivesse dito."

"Hmm, não sei... Mas me parece", apontou, "que você, minha querida, tinha toda a vantagem. Você sabia qual era a opinião dele a seu respeito, enquanto ele... bem é sempre assim. Nós sabemos, sempre soubemos. Eles não. Não mesmo. Isso tem, você vai admitir, seu lado humorístico e, algumas vezes, suas inconveniências."

Ela serviu o café.

"Não consigo. Vou escrever para Clare. Hoje, se encontrar um tempo. É melhor acertarmos isso de vez, e agora mesmo. Curioso, não é? Sabendo, como ela sabe, de sua atitude desqualificada, ela ainda..."

Brian interrompeu: "É sempre assim. Nunca falha. Lembra de Albert Hammond, como ele costumava zanzar pela Avenida Sete, e a Avenida Lenox, e as boates, até que um 'negão' encrencou com ele por ter olhado para sua 'crioula'? Eles sempre voltam. Já vi isso acontecer tantas e tantas vezes."

"Mas por quê?" Irene quis saber. "Por quê?"

"Seu eu soubesse responder, saberia o que é raça."

"Mas não era de se esperar que, quando tivessem conseguido a coisa, ou coisas, que queriam, e se arriscado tanto, eles ficariam satisfeitos? Ou com medo?"

"Sim", concordou Brian "certamente era de se esperar. Mas de fato, eles não ficam. Satisfeitos, quero dizer. Acho que ficam com medo a maior parte do tempo, quando dão vazão à ânsia e dão uma recaída. Mas o medo deles não é suficiente para detê-los. Por quê? Sabe Deus o porquê."

Irene inclinou-se para falar, sabia ela, com uma veemência absolutamente desnecessária, mas que não podia evitar.

"Bem, Clare que não conte comigo. Não tenho intenção alguma de ser a ponte entre ela e seus irmãos mais pobres e escuros. E depois daquela cena em Chicago! Como ela pode esperar que eu..." e parou, subitamente irada demais para poder se expressar em palavras.

"Tem razão. É a única coisa sensata a se fazer. Ficar longe dela. É um assunto doentio, essa coisa toda. Sempre é."

Irene assentiu com a cabeça. "Mais café", ofereceu.

"Não, obrigado." E retomou a leitura do jornal, desdobrando-o com um leve farfalhar.

Zulena retornou trazendo mais torradas. Brian pegou uma fatia e mordeu com aquele ruído que tanto desagradava Irene e voltou ao jornal.

Ela disse: "Engraçado isso de 'se passar'. Nós reprovamos e, ao mesmo tempo, o toleramos. Ele suscita nosso desprezo e, ainda assim, nós meio que o admiramos. Nos afastamos com um tipo estranho de repulsa, mas o protegemos."

"É o instinto da raça de sobreviver e expandir."

"Nada! Nem tudo pode ser explicado por alguma frase genérica da biologia."

"Toda e qualquer coisa pode. Veja o caso dos assim chamados 'brancos', que deixaram filhos bastardos por todo o mundo. É a mesma coisa com eles. O instinto da raça de sobreviver e expandir."

Irene não concordava nem um pouco, mas muitas discussões no passado já a haviam ensinado a futilidade de tentar combater Brian em um assunto no qual ele estava mais à vontade que ela. Ignorando sua afirmação desqualificada, ela mudou completamente de assunto.

"Será que", perguntou, "você teria tempo de me levar na gráfica? Fica na rua 116. Tenho de ver uns folhetos e ingressos para o baile."

"Sim, claro. E como está indo? Está tudo pronto?"

"Sim... Acho que sim. Os camarotes já estão esgotados e quase toda a primeira leva de ingressos. E esperamos quase o mesmo número de pessoas comprando na hora. E ainda tem todos aqueles bolos para vender. Dá um trabalhão."

"Com certeza. Ajudar os irmãos é um trabalho duro. Eu mesmo estou entupido de coisas a fazer". E em seu rosto caiu uma sombra. "Deus! Como eu odeio gente doente, e suas famílias estúpidas e intrometidas, e os quartos sujos, fedorentos, e subir aqueles degraus imundos nos becos escuros."

"Certamente," começou Irene, lutando contra o temor e a irritação que sentia, "certamente..."

Seu marido a silenciou, dizendo de modo ríspido: "Não vamos falar sobre isso agora, por favor." E, imediatamente, em seu tom levemente zombeteiro perguntou: "está pronta para partir? Não posso esperar lá muito tempo..."

Ele se levantou. Ela o seguiu até o saguão sem responder. Ele tomou seu chapéu marrom da mesa de canto e ficou parado um momento, girando-o em seus longos dedos cor de chá.

Irene, ao observá-lo, pensava: "Não é justo, não é justo." Depois de todos esses anos, ainda acha que ela era culpada. Por acaso o sucesso dele não é prova de que ela estava certa em insistir que ele ficasse em sua profissão aqui mesmo, em Nova York? Será que ele ainda não consegue ver que foi a melhor decisão? Não para ela, ah, não, não para ela — ela nunca pensava em si mesma — mas para ele e para os meninos. Será que ela nunca se livraria disso, desse medo que espreita, sempre, bem no fundo dela, roubando-lhe seu sentido de segurança, sua sensação de estabilidade, da vida que ela tão admiravelmente conseguira para todos eles, e que desejava tão ardentemente manter como está? Essa ideia estranha, e, para ela, fantasiosa, que Brian tinha de partir para o Brasil, que, ainda que não mencionasse, ainda vivia dentro dele; como isso a assustava e, sim, dava-lhe raiva!

"Bem?", ele perguntou suavemente.

"Vou só pegar as minhas coisas. Um minuto", prometeu, e subiu as escadas.

Sua voz estava em tom normal, e seu passo era firme, mas nela não havia abrandado a agitação, o alarme, que a expressão de descontentamento de Brian suscitara. Ele não tinha tornado a falar do seu desejo desde aquele tempo, há muito passado, tempestuoso e tenso, de ódio e de discussão quase desastrosa, quando ela se opunha tão firmemente a ele e mostrava, com tanta sensatez, a profunda impossibilidade e as prováveis consequências para ela e para os meninos, e tinha até insinuado a dissolução do seu casamento no caso de ele persistir na ideia. Não, em todos esses anos em que continuavam casados, não se voltou a falar sobre isso, tampouco houve discussões ou outras ameaças. Mas já que, como ela insistia, a ligação de corpo e alma entre eles era tão forte, ela sabia, sempre soubera, que sua insatisfação persistia, assim como persistia seu desgosto pela profissão e pelo país.

Uma sensação de mal-estar tomou conta dela na inconcebível suspeita de que poderia estar errada na avaliação do caráter de seu marido. Mas ela a dissipou. Impossível! Não poderia estar mais errada. Tudo provava que ela estava certa. Mais do que certa, se é que se pode dizer isso. E tudo porque, ela garantia, o compreendia muito bem, porque ela tinha, na verdade, um talento especial para compreendê-lo. Era, na sua visão, a base do sucesso que obteve em um casamento que ameaçou fracassar. Ela o conhecia tão bem quanto ele mesmo, ou mais ainda.

Então por que a preocupação? Essa coisa, esse descontentamento que explodiu em palavras, iria passar, apagar de vez. É verdade que muitas outras vezes, no passado, ela quase acreditou que o descontentamento estava extinto, somente para ganhar consciência, de forma instintiva, sutil, que havia meramente se iludido por um momento e que ainda estava vivo. Mas iria morrer. Disso ela tinha certeza. Ela precisava apenas dirigir e guiar seu homem para mantê-lo na direção certa.

Vestiu o casaco e ajustou o chapéu.

Sim, o descontentamento iria morrer, como há muito tempo ela decidira. Porém, até lá, enquanto ainda estiver vivo e ainda tiver o poder de virar uma chama e alarmá-la, teria de ser contido, abafado, e algo teria de ser oferecido em seu lugar. Ela teria que fazer algum plano, tomar alguma decisão, de uma vez por todas. Franziu o rosto porque isso a incomodava sobremaneira. Porque, ainda que temporário, seria algo importante e talvez perturbador. Irene não gostava de mudanças, particularmente das mudanças que afetassem a doce rotina de sua casa. Bem, não dava para evitar. Alguma coisa teria de acontecer, e imediatamente.

Pegou a bolsa e, vestindo as luvas, desceu as escadas e passou pela porta que Brian mantinha aberta para ela e entrou no carro que a aguardava.

"Sabe", disse, acomodando-se no assento ao lado dele, "estou muito feliz de ter esse minuto a sós com você. Parece que estamos sempre tão ocupados — eu odeio isso — mas o que podemos fazer? Tem uma coisa na qual estou pensando há muito tempo, sobre a qual precisamos conversar e avaliar seriamente."

O motor do carro roncou ao arrancar do meio-fio e entrar no escasso tráfego da rua, sob a direção habilidosa de Brian.

Ela estudou o perfil dele.

Chegaram à Sétima Avenida. Então ele disse: "Bem, vamos a isso. Não há hora melhor que o presente para resolver questões sérias."

"É sobre o Junior. Será que ele não está indo rápido demais na escola? A gente se esquece de que ele não tem nem 11 anos ainda. Não tem como ser bom isso para ele, se ele estiver, quero dizer, indo rápido demais, você sabe. É claro, você sabe mais dessas coisas do que eu. Pode julgar. Quer dizer, se é que já reparou ou pensou sobre isso."

"Eu realmente gostaria, Irene, que você não ficasse se preocupando sempre com os meninos. Eles estão bem. Perfeitamente bem. Meninos bons, fortes, saudáveis, especialmente o Junior. Especialmente o Junior."

"Bem..., acho que você está certo. É para você saber sobre esse tipo de coisa, e tenho certeza de que não vai se enganar a respeito do seu próprio filho". (E por que ela foi dizer isso?) "Mas não é tudo. Tenho muito medo de que ele tenha adotado umas ideias estranhas, a respeito de coisas — certas coisas — dos meninos mais velhos, você sabe..."

Seus modos eram, conscientemente, sutis. Por fora, ela parecia estar ligada ao labirinto do tráfego, mas ainda observava o rosto de Brian com atenção. E nele estava aquela expressão peculiar. Haveria nele, seria possível?, um misto de desdém e desgosto?

"Ideias estranhas?", repetiu. "Você quer dizer ideias sobre sexo, Irene?"

"Sim... Mas não as boas. Piadas horrorosas, coisas assim."

"Ah, entendo", disparou. Por um momento pairou um silêncio entre eles. Após um tempo, ele perguntou, de supetão: "Bem, e daí? Se o sexo não é uma piada, o que é? E o que é uma piada?"

"Como quiser, Brian. É seu filho, você sabe." Sua voz estava clara, nivelada, reprovadora.

"Exato! E você quer transformá-lo num filhinho-da--mamãe. Bem, vou logo dizendo: eu não aceito isso. E nem pense que vou mudá-lo para uma escola boazinha tipo jardim de infância só porque ele está recebendo uma educação muito necessária. Não vou! Vai continuar exatamente onde está. Quanto mais cedo e quanto mais ele aprender sobre sexo, melhor para ele. Principalmente se ele aprender que é uma grande piada, a maior do mundo. Vai lhe poupar de muitas decepções mais tarde."

Irene não respondeu.

Chegaram à gráfica. Ela saiu, batendo a porta do carro. Havia em seu coração uma penetrante agonia e tristeza. Não tinha a intenção de comportar-se assim, mas o extremo ressentimento em relação à atitude dele e o sentimento de ter sido repreendida e mal interpretada a deixaram furiosa.

Dentro da loja, estancou o tremor nos lábios e reprimiu a raiva crescente. Uma vez resolvidos seus assuntos, voltou ao carro com um humor fustigado. Porém, contra a armadura do silêncio teimoso de Brian, ouviu a si mesma dizer em uma voz calma e metálica: "Acho que não vou voltar agora. Lembrei que tenho uma coisa para resolver e preciso de algo decente para vestir. Não tenho nem um trapo com que me cobrir em público. Vou pegar o ônibus para o centro."

Brian meramente tocou a aba do chapéu com aquele modo educado e enlouquecedor que tanto domava quanto revelava seu temperamento.

"Adeus", ela disse entre os dentes. "Obrigada pela carona", e voltou-se em direção à avenida.

O que, pensou contrita, iria fazer? Estava irritada consigo mesma por ter escolhido, como se viu, uma forma tão desastrada de abordar o assunto: sugerir alguma escola europeia para o Junior no próximo ano, e que o Brian cuidasse dele. Se ela tivesse conseguido apresentar seu plano, e se Brian tivesse aceitado, como ela tinha certeza de que ele o faria, se ela o tivesse abordado por métodos mais favoráveis, ele poderia ver que a ideia traria uma quebra naquela doce monotonia que parecia, por razões que ela não conseguia atinar, tão odiosa para ele.

Estava ainda mais irritada com sua própria explosão de raiva. O que lhe deu para ceder à ira em um momento destes?

Pouco a pouco, seu mau humor passou. Deixou para lá seu fracasso na primeira tentativa de substituição, mais para desapontada e envergonhada do que desencorajada. Pode ser, refletiu, que, além de ter perdido a calma na hora errada, sua tentativa de distraí-lo tenha sido um tanto apressada, respondendo rápido demais ao avanço dele, e assim o tenha deixado ainda mais desconfiado e obstinado. Só restava a ela esperar. Outra hora mais oportuna surgiria, amanhã, na próxima semana, no mês seguinte. Não seria agora, como já aconteceu uma vez, que ela ficaria com medo de ele largar tudo e se mandar para aquele remoto lugar que era o desejo dele. Ele não faria isso, ela sabia. Ele gostava dela, a amava, do seu jeito meio pouco efusivo.

E tinha os meninos.

Só o que ela queria é que ele fosse feliz, ressentindo-se, no entanto, da incapacidade dele de se contentar com as coisas do jeito que elas são, e nunca reconhecendo que, ainda que ela quisesse que ele fosse feliz, era somente do jeito dela, ou por meio de algum plano dela para ele, que ela desejava de verdade que ele o fosse. Tampouco ela admitia que todos os outros planos, todos os outros jeitos, ela encarava como ameaças, mais ou menos indiretas, àquela segurança de lugar e substância que ela insistia que seus filhos tivessem e, em menor grau, ela também.

DOIS

Cinco dias tinham se passado desde a carta suplicante de Clare Kendry. Irene Redfield não a havia respondido. E tampouco havia recebido qualquer outra notícia de Clare.

Ela não levou a cabo sua primeira intenção de escrever imediatamente porque, ao voltar à carta em busca do endereço de Clare, deparou-se com algo que, no rigor de sua determinação de manter incólume entre elas o muro que Clare, ela mesma, havia erguido, deixara passar, ou não havia completamente observado. Foi o fato de que Clare a havia requisitado para encaminhar a resposta para a caixa geral dos Correios.

Isso enfurecera Irene, e aumentara o desdém e o desprezo que sentia pela outra.

Rasgando a carta de uma ponta a outra, ela a atirou no cesto de papéis. Não era tanto o desleixo ou o desejo por manter a relação em segredo — Irene entendia bem a necessidade de discrição — mas que Clare pudesse duvidar da sua discrição, fazendo entender que Irene talvez não fosse tão cautelosa na escolha das palavras e na escolha de uma caixa postal. Como sempre, teve confiança total em seu discernimento e tato. Irene não admitia que alguém viesse questioná-la. Especialmente se esse alguém fosse Clare Kendry.

Em outro momento, mais calmo, ela decidiu que era melhor, no fim de contas, não responder nada, explicar nada, recusar nada; resolver o problema simplesmente não escrevendo. Clare, que não pode ser chamada de estúpida, não teria dúvidas quanto ao significado daquele silêncio. Ela até poderia — e Irene tinha certeza de que o faria — decidir ignorá-lo e escrever de novo, mas isso pouco importava. Tudo seria bem fácil. Todas as cartas iriam para o cesto de papéis, o silêncio seria a resposta para elas.

Era muito provável que Clare e ela nunca voltassem a se encontrar. Bem, por ela, isso não seria mau. Desde a infância, suas vidas não haviam realmente se cruzado. Na verdade, eram estranhas. Estranhas em seus jeitos e no modo de vida. Estranhas em seus desejos e ambições. Estranhas até em suas consciências de raça. Entre elas a barreira era tão alta, larga e firme quanto seriam se em Clare não corresse nenhuma gota de sangue negro. Na verdade, era ainda mais alta, mais larga e mais firme: porque para ela havia riscos, desconhecidos ou inimagináveis para os que não têm tantos segredos para alarmá-los ou colocá-los em perigo.

O dia estava caminhando para a noite. Já passava de meados de outubro. Passou-se uma semana de frio e chuva, encharcando as folhas apodrecidas caídas das raquíticas árvores que se perfilavam na rua onde ficava a casa dos Redfield, e enviando um ar gélido e úmido para dentro da casa, como um prenúncio dos dias que estavam por vir. Na casa de Irene, um fogo baixo ardia na lareira. Do lado de fora, restava do dia apenas uma luz cinzenta. Dentro, as lâmpadas já estavam acesas.

Do andar de cima vinha o som de vozes juvenis. Algumas vezes, a voz séria e afirmativa de Junior; outras, a voz de fingida elegância de Ted. Muita vezes vinham risadas, ou o barulho de alguma altercação, empurrões ou brinquedos lançados ao chão.

Junior, alto para sua idade, era incrivelmente idêntico a seu pai no rosto e na cor; mas seu temperamento era o dela, prático e determinado, e não o de Brian. Ted, imaginativo e alheio, era, aparentemente, menos afirmativo em suas ideias e desejos. Nele havia aquele ar enganoso de candura que era, Irene sabia, igual à demonstração de seu pai, de anuência racional. Se, por enquanto, e com uma charmosa aparência de ingenuidade, ele se submetia a uma força superior, ou a alguma incontornável condição ou circunstância, era somente porque não gostava das cenas e das discussões desagradáveis. Era todo Brian.

Paulatinamente, o pensamento de Irene afastou-se de Junior e Ted, para absorver-se inteiramente no pai deles.

Aquele velho temor, com maior intensidade, o medo do futuro, mais uma vez punha nela suas garras. E, por mais que ela tentasse, não conseguia se desvencilhar. Era como se houvesse admitido a si mesma que aquela superfície da fácil concordância de seu marido, desde que a guerra o devolvera para ela sem danos, estava encobrindo uma inclinação cada vez maior de abandonar seu lugar e tudo o que possuía, sem que ela pudesse fazer nada.

A contrariedade que ela sentira na primeira tentativa fracassada de subverter a última manifestação dele de descontentamento havia recuado, e deixado em seu lugar uma depressão incômoda. Será que todos os esforços dela, todo o seu trabalho, para compensá-lo por aquela única derrota, todo o seu silêncio lutando para provar a ele que o jeito dela foi o melhor, todos os seus cuidados, toda a sua exterior anulação de si mesma, não valem nada em um momento súbito e despercebido? E, se assim for, quais, então, seriam as consequências para os meninos? Para ela? E para Brian? Uma busca infinda não trouxe respostas a essa pergunta. Trouxe apenas um intenso desgaste da procissão em vaivém da sua mente.

O barulho e a animação no andar de cima cresciam de volume. Irene estava para subir as escadas e dizer aos meninos para brincarem quietos quando ouviu a campainha da porta.

E quem seria agora? Escutou os saltos de Zulena batendo suavemente a caminho da porta, depois o som de seus pés nos degraus e a leve batida na porta de seu quarto.
"Sim, pode entrar", disse-lhe Irene.
Zulena ficou à porta. Disse: "Há alguém que quer falar com a senhora, senhora Redfield." Seu tom era de um discreto arrependimento, como que para indicar que estava relutante em perturbar a patroa àquela hora, e por conta de uma pessoa estranha. "Uma senhora Bellew."
Clare!
"Oh, Deus... diga a ela, Zulena", começou Irene, "que eu não posso... Não. Deixe, vou vê-la. Por favor a traga aqui em cima."
Escutou Zulena descer até o saguão, ergueu-se, suavizou com tapinhas as dobras amarrotadas de seu vestido verde e pérola. Ao espelho, passou um pouco de pó de arroz em seu nariz e escovou o cabelo.
Pretendia dizer a Clare Kendry, de uma vez por todas, que era inútil vir, que ela não poderia se responsabilizar, que havia conversado com Brian, que concordou com ela que seria melhor, para o bem de Clare, evitar...
Mas só conseguiu chegar até esse ponto no ensaio do que iria dizer. Porque Clare entrara suavemente em seu quarto, sem tocar a porta, e antes que Irene a pudesse cumprimentar, havia depositado um beijo em suas madeixas escuras.
Olhando para a mulher diante de si, Irene Redfield teve um súbito e inexplicável ataque de afeto. Esticando

o braço, tomou as mãos de Clare nas suas e exclamou, com certo assombro em sua voz, "Meu Deus! Como você está bonita, Clare!"

Clare deixou isso de lado, assim como o casaco de pele e o chapeuzinho que atirou na cama, antes de sentar-se em diagonal na poltrona preferida de Irene, sobre uma das pernas.

"Você não quis responder a minha carta, Rene?", perguntou sobriamente.

Irene desviou o olhar. Tinha aquela desconfortável sensação de quando não somos inteiramente corretos ou sinceros.

Clare continuou: "Todos os dias eu ia naquela maldita agência dos correios. Com certeza lá estão achando que eu tive um caso com algum homem casado, que me largou. Todas as manhãs, a mesma resposta: 'não chegou nada para você'. Fiquei morrendo de medo, achando que alguma coisa teria acontecido à minha carta, ou à sua. E pela noite adentro eu ficava acordada, olhando as estrelas — são coisas desesperadas, as estrelas — me preocupando e pensando. Mas, por fim, acabei entendendo que você não havia escrito, e que não tinha a intenção de fazê-lo. E aí então, bem, assim que consegui me livrar de Jack, que foi para a Flórida, vim correndo para cá. E agora, Rene, por favor, me diga francamente por que é que não respondeu minha carta."

"Porque, veja bem..." Irene interrompeu e deixou Clare aguardando enquanto acendia um cigarro, assoprava o fósforo e o depositava em um cinzeiro. Estava tentando organizar seus argumentos, já que um sexto sentido a alertava de que seria mais difícil do que pen-

sava demover Clare Kendry da "Loucura do Harlem".
Por fim, continuou:
"Não consigo evitar de pensar que você não deveria ter vindo aqui. Não deveria correr o risco de conhecer uns negros."
"Quer dizer que você não me quer, Rene?"
Irene não imaginava que uma pessoa pudesse parecer tão magoada. "Não, Clare. Não se trata disso. Mas até mesmo você consegue ver que é uma loucura terrível, e que não é o certo a se fazer."
A risada de Clare tiniu enquanto ela passava as mãos sobre o cabelo lustroso. "Oh, Rene!", exclamou. "Você é impagável! E não mudou nada. Nem um pouquinho! 'O certo a se fazer'." Inclinando-se à frente, olhou com curiosidade os olhos reprovadores de Irene. "Você não pode, não tem como estar falando isso. Ninguém pode. É simplesmente inacreditável."
Irene estava de pé antes de se dar conta de que havia se levantado. "O que eu realmente quero dizer", retorquiu, "é que é perigoso, e que você não deveria correr esses riscos tolos. Ninguém deveria. Muito menos você."
Sua voz soava fraca. Porque, em sua mente, havia chegado um pensamento, estranho e irrelevante, uma suspeita, que a havia surpreendido e a posto de pé. Era que, a despeito de seu egoísmo teimoso, a mulher diante de si ainda era capaz de alcançar alturas e profundidades que ela, Irene Redfield, nunca conhecera. Na verdade, nunca se importara em conhecer. O pensamento, a suspeita, foi-se embora tão rápido quanto veio.

Clare disse: "Ah, eu!"
Irene tocou seu braço carinhosamente, como se em contrição por aquele seu pensamento fugaz. "Sim, Clare, você. Não é seguro. Não é nem um pouco seguro."

"Seguro!"

Pareceu a Irene que Clare havia trincado os dentes na palavra e depois a cuspido para longe. E por outro segundo fugidio suspeitou da capacidade de Clare em sentir algo que para Irene era estranho, e até repugnante. Ela estava ciente também, de uma vaga premonição de algum desastre iminente. Era como se Clare Kendry houvesse dito a ela, para quem a segurança e a certeza eram de suma importância: "Seguro! Que se dane a segurança!", e falando sério.

Com um gesto de impaciência, sentou-se. Com uma voz de fria formalidade, disse:

"Brian e eu conversamos sobre o assunto, com muito cuidado, e concluímos que não é o mais sábio a se fazer. Ele diz que é sempre um negócio perigoso, isso de voltar. Já conheceu mais de uma pessoa que lamentou ter feito isso. E, Clare, levando-se tudo em consideração — a atitude do senhor Bellew e tudo o mais — não acha que tem de ser o mais cuidadosa que puder?"

A voz profunda de Clare rompeu o curto silêncio que se seguiu ao discurso de Irene. Disse, falando quase em tom de lamentação, "Eu deveria saber. É Jack. Não te culpo por ficar com raiva, ainda que, devo dizer, você se comportou lindamente naquele dia. Mas eu realmente achei que você entenderia, Rene. Foi aquilo, em parte, que me fez querer ver outras pessoas. Isso mexeu comigo e mudou tudo. Se não fosse por aquilo, eu teria ido até o fim, e nunca mais veria nenhum de vocês. Mas aquilo mexeu de alguma maneira comigo, e desde então tenho me sentido tão sozinha! Você não tem como saber. Nem uma viva alma. Nunca tenho ninguém com quem conversar de verdade."

Irene amassou o cigarro no cinzeiro. Ao fazê-lo, voltou-lhe a visão de Clare Kendry olhando com desprezo para o rosto de seu pai, e pensou que seria assim que ela olharia para seu marido se ele morresse antes dela.

Seu próprio ressentimento foi varrido, e sua voz ganhou um tom de piedade, quando exclamou: "Puxa, Clare! Não sabia. Me perdoa. Sinto-me uma tola. Foi estupidez minha não me dar conta."

"Não. Nem um pouco. Você não tinha como saber. Ninguém, nenhum de vocês tinha", gemeu Clare. Os olhos negros encheram-se de lágrimas que escorreram para seu colo, arruinando o veludo inestimável de seu vestido. Suas mãos compridas estavam um pouco levantadas e contritas. Seu esforço para falar com moderação era óbvio, mas não foi bem-sucedido. "Como você poderia saber? Como você poderia? Você é livre. Você é feliz. E..." com uma leve ironia, "está segura".

Irene deixou passar aquele toque de ironia, porque a pungente rebelião das palavras da outra havia trazido lágrimas a seus próprios olhos, ainda que ela não as permitisse escorrer. A verdade é que ela não ficava bem chorando. Poucas mulheres, imaginou, choravam de uma maneira tão atraente quanto Clare. "Estou começando a acreditar", murmurou, "que ninguém é completamente feliz, ou livre, ou segura".

"Bem, então, o que importa? Um risco a mais ou a menos quando já não estamos seguros. Mesmo se estivermos, não faz lá muita diferença. Para mim, não faz. Além disso, estou acostumada a correr riscos. E esse não é um risco tão grande quanto você está tentando fazer parecer."

"Ah, mas é. E pode fazer a maior diferença no mundo. Tem sua filhinha, Clare. Pense nas consequências para ela."

O rosto de Clare assumiu uma expressão toda nova, como se estivesse totalmente despreparada para essa nova arma com a qual Irene a atacara. Os segundos se passaram, durante os quais ela ficou de olhos arregalados e os lábios comprimidos. "Acho", disse por fim, "que ser mãe é a coisa mais cruel do mundo." Seu punho comprimido oscilou para frente e para trás, e sua boca escarlate tremia de modo impressionante.

"Sim", Irene concordou baixinho. Por um instante, foi incapaz de dizer mais, tão precisa foi Clare em colocar em palavras aquilo que, não tão claramente definido, estava em seu próprio coração ultimamente. Ao mesmo tempo tinha a consciência de que, nas suas mãos, estava um argumento que não poderia ser facilmente descartado. "Sim", repetiu "e também a mais responsável, Clare. Nós, que somos mães, somos responsáveis pela segurança e pela felicidade de nossos filhos. Pense no que aconteceria com sua Margery se o senhor Bellew descobrisse. Você provavelmente a perderia. E, mesmo que não a perdesse, nada no que diz respeito a ela seria do mesmo jeito. Ele nunca se esqueceria de que ela tem sangue negro. E se ela descobrisse — bem, eu acho que aos doze anos já é tarde demais para descobrir uma coisa dessas —, ela nunca a perdoaria. Você pode estar acostumada aos riscos, mas esse é um risco que você não pode assumir, Clare. É um capricho egoísta, desnecessário e..."

"Sim, Zulena. O que é?", perguntou um tanto amargamente à criada que havia se materializado na porta.

"Telefone para a senhora, senhora Redfield. É o senhor Wentworth."

"Tudo bem. Obrigado. Vou atender aqui." E, com uma desculpa murmurada para Clare, pegou o aparelho.

"Alô... Sim, Hugh... Ah, bem.... E você?... Me desculpe, acabaram todas... Ah, que pena... Sim..., acho que você poderia. Mas não é lá muito agradável... Sim, é verdade, voaram todos num minuto... Espere! Já sei! Vou trocar o meu com quem quer que esteja a seu lado, e você pode ficar... Não... Sim, falo sério... Vou estar tão ocupada que nem vou saber se estou sentada ou em pé... Desde que Brian tenha um lugar para ficar de vez em quando... Ninguém... Não, não precisa... Gentil da sua parte... Mande um beijo para Bianca... Vou cuidar disso agora mesmo e já te falo... Tchau..."

Desligou e virou-se para Clare, com a fronte ligeiramente franzida em seu rosto suavemente cinzelado. "É o baile da LBN", explicou, "você sabe, da Liga do Bem-estar do Negro". Estou no comitê dos ingressos, ou, melhor dizendo, sou *o* comitê. Graças a Deus que será amanhã à noite e não vai ter mais até o ano que vem. Estou ficando louca, e agora tenho de convencer alguém a trocar de camarote comigo."

"Esse por acaso era", perguntou Clare, "Hugh Wentworth? O Hugh Wentworth?"

Irene inclinou a cabeça. Em seu rosto estava um pequeno sorriso de triunfo. "Sim, o Hugh Wentworth. Você o conhece?"

"Não. E como eu o conheceria? Mas sei quem el é. E já li um livro ou outro dele."

"São ótimos, não são?"

"Uhum, suponho que sim. Um pouco pretensioso, eu achei. Como se ele mais ou menos desprezasse todo mundo."

"Eu não duvido que ele despreze. Mas, mesmo assim, ele fez por merecer o direito de ser pretensioso. Viveu no meio do nada, em pelo menos três continentes. Passou por todos os perigos em todo tipo de lugar selvagem. Não é de se admirar que ele nos considere um bando de preguiçosos e mimados. Mas Hugh é um amor, mesmo assim, tão generoso quanto um dos doze discípulos, capaz de tirar a própria roupa para te dar. Bianca, a esposa dele, também é uma querida."

"E ele vai para seu baile?"

Irene perguntou "E por que não viria?"

"Me parece um tanto curioso, um homem como esse indo para um baile negro."

Estamos, disse-lhe Irene, no ano de 1927, na cidade de Nova York, e centenas de pessoas brancas, do tipo de Hugh Wentworth, vêm ao Harlem, e cada vez mais. Tantas que Brian já disse: "Daqui a pouco, não vão dei-

xar entrar as pessoas de cor, ou vão obrigá-las a ficar em seções segregadas, dessas da lei Jim Crow."[2]
"E por que eles vêm?"
"Pela mesma razão que você está aqui, para ver negros."
"Mas por quê?"
"Vários motivos", explicou Irene. "Uns poucos pura e simplesmente para se divertir. Outros para conseguir material para transformar em lucros. Outros para contemplar a paisagem enquanto observam os negroes."
Clare bateu palmas. "Rene, e se eu for também? Parece muito interessante e divertido! Não vejo por que não deveria ir."
Irene, que a encarava por trás de pálpebras estreitas, teve o mesmo pensamento que tivera, dois anos atrás, no terraço do Drayton: que Clare Kendry era um tanto bonita demais. Seu tom estava à beira da ironia, quando disse: "Você quer dizer, já que vão tantos homens brancos..."

---

[2] *Conjunto de leis estabelecidas após a Guerra Civil Americana que lastreavam o regime de segregação nos estados do sul, restringindo espaços públicos, de assentos de coletivos a escolas, para o uso exclusivo de brancos ou de "negroes". Estava em par com o conceito, que se tornou lei em alguns estados, de "Regra de uma gota", definindo que uma pessoa era negra, não importando a aparência, se tivesse ao menos um antepassado negro. Essa dicotomia deixava pessoas de ancestralidade mista e aparência clara, como Clare e Irene, no espaço legal do "negro", com todas as suas restrições, mesmo que "passassem-se" por brancas na esfera social. As leis Jim Crow só foram oficialmente revogadas após o movimento dos direitos civis, nos anos 1960.*

Um rosa pálido tingiu as faces cor de marfim de Clare. Ergueu uma das mãos em protesto: "Não seja tola! É claro que não! Quero dizer que, no meio de uma multidão como essa, nem vão me perceber."

Ao contrário, era a opinião de Irene. Seria até duplamente perigoso. Algum amigo ou conhecido de John Bellew, ou até ele mesmo, pode vê-la e reconhecê-la.

Ao ouvir isso, Clare gargalhou por um bom tempo, com pequenos guinchos musicais em sequência. Era como se a ideia de qualquer um dos amigos de John Bellew ir a um baile de negros fosse para ela a coisa mais divertida do mundo.

"Não acho", disse quando terminou de gargalhar, "que a gente precisa se preocupar com isso."

Irene, no entanto, não estava lá tão certa. Mas todos os seus esforços em dissuadir Clare foram inúteis. Para ela, "Nunca se sabe quem é que vai encontrar por lá", ao que Clare retorquiu, "Esse risco eu posso correr."

"Além do mais, você não conhece ninguém, e eu vou estar ocupada demais para cuidar de você. Vai morrer de tédio."

"Não vou, não. Se ninguém me tirar para dançar, nem mesmo o doutor Redfield, vou ficar sentada contemplando e observando. Ah, Rene, seja educada e me convide."

Irene desviou das carícias do sorriso de Clare, dizendo prontamente "não".

"Eu vou de qualquer jeito", Clare respondeu, e sua voz era tão decidida quanto a de Irene.

"Ah, não. Você não pode ir lá sozinha. É um evento público. Vai todo o tipo de gente, qualquer um que puder pagar um dólar, mesmo as damas de vida fácil à procura de clientes. Se você for sozinha lá, pode até ser confundida com uma delas, e isso não seria muito agradável."

Clare riu de novo. "Obrigada. Nunca fui. Talvez seja divertido. Estou avisando, Rene, que se você não for boazinha e me levar, estarei lá entre os presentes. Suponho que meu dólar valha tanto quanto o dos outros."

"Oh, o dólar. Não seja tola, Clare. Não me importo se você vai, ou o que você faz. Só estou preocupada com o aborrecimento e nos problemas que você vai arranjar. Para ser franca, não quero me envolver em nenhuma confusão desse tipo." Havia se levantado de novo e estava à janela erguendo e dispersando os pequenos crisântemos amarelos no vaso de pedra cinza no peitoril. Suas mãos tremiam um pouco, estava à beira da irritação, com a impaciência e exasperação.

O rosto de Clare parecia estranho, como se quisesse chorar de novo. Um de seus pés, coberto de cetim, oscilava sem parar, para frente e para trás. Ela disse de modo veemente, quase violento: "Maldito Jack! Ele me deixa fora de tudo. Tudo o que eu quero. Eu poderia matá-lo. Acho que um dia vou acabar fazendo isso."

"Eu não faria isso", Irene a advertiu, "você sabe, ainda há pena de morte, pelo menos nesse estado. E, realmente, Clare, levando-se tudo em consideração, não acho que você tenha o direito de colocar toda a culpa nele. Tem de admitir que há o lado dele na história. Você não contou a ele que era de cor, então ele não tem como saber dessa sua ânsia pelos negros, ou que a deixa louca de raiva ouvir falar deles como *niggers* ou 'demônios negros'. Até onde eu posso ver, só vai ter de aguentar algumas coisas e desistir de outras. E, como você disse antes, tudo tem seu preço. Por favor, seja razoável."

Contudo Clare, como se podia ver, havia se fechado para a razão, assim como para a cautela. Sacudiu a cabeça. "Não posso, não posso", disse. "Eu o faria se pudesse, mas não posso. Você não sabe, não tem como entender como eu quero ver negros, para estar entre eles de novo, conversar com eles, ouvi-los gargalhar."

E no olhar que deu para Irene, havia algo de súplica e de desespero, e ainda assim era tão absolutamente determinado que era como um reflexo da busca infinda e da firme resolução na própria alma de Irene. Ficou maior a sensação de dúvida e remorso que vinham crescendo dentro de Irene em relação a Clare Kendry.

Ela entregou os pontos.

"Ah, venha se quiser vir. Suponho que esteja certa. Uma vez só não pode fazer mal."

Afastando os extravagantes agradecimentos de Clare, já que imediatamente se arrependera de consentir, disse abruptamente: "Quer subir e ver os meninos?"

"Adoraria."

Enquanto subiam, Irene ficou pensando em Brian, e em como ele a consideraria uma tola e covarde. No que teria toda a razão. Foi assim mesmo que ela se comportou.

Clare ria. Ficou à porta do quarto de brinquedos, baixou os olhos para ver Junior e Ted, que pausaram suas brincadeiras. O rosto de Junior tinha uma expressão engraçada de contrariedade. A de Ted estava neutra.

Clare disse: "Por favor, não fique chateado. Sei que acabei com a brincadeira. Mas se eu prometer não atrapalhar muito, vocês me deixam entrar assim mesmo?"

"Certo. Venha se quiser", disse-lhe Ted. "Não podemos impedi-la, você sabe." Ele sorriu e fez um pequeno cumprimento e voltou-se para a estante que tinha seus livros favoritos. Puxando um deles, acomodou-se em uma poltrona e começou a ler.

Junior nada disse, nada fez. Apenas ficou parado, esperando.

"Levante-se, Ted. Isso é falta de educação. Esse é Theodore, senhora Bellew. Por favor, perdoe suas maneiras rudes. Ele não é assim. E esse é Brian Junior. A senhora Bellew é uma velha amiga da mamãe. Costumávamos brincar juntas quando éramos garotinhas."

Clare já tinha partido, e Brian havia telefonado para contar que ainda estava ocupado e que iria jantar na cidade. Irene ficou um pouco feliz por isso. Ela mesma iria sair à noite, o que significava que provavelmente não iria ver Brian até a manhã e assim poderia adiar por mais algumas horas a conversa com ele sobre Clare e o Baile da LBN.

Estava com raiva de si mesma e de Clare. Porém mais consigo mesma, por ter permitido que Clare a provocasse a fazer uma coisa que Brian havia, expressamente, pedido que não fizesse. Ela não queria que ele ficasse irritado, não naquele momento, não enquanto estava possuído por aquela nada razoável sensação de inquietação.

Também estava incomodada, porque foi ela que consentira em algo que, se fosse além do baile, poderia envolvê-la em várias inconveniências e desculpas. E não só em casa com Brian, mas lá fora com amigos e conhecidos. Os desagradáveis incidentes que a presença de Clare transformava em possibilidades a assombravam. Em uma infinita gama de irritação.

Clare, ao que parece, ainda retinha sua habilidade de conseguir o que queria, mesmo diante de qualquer oposição, e sem qualquer consideração quanto à conveniência ou desejo dos outros. Havia nela certa qualidade, dura e persistente, com a força e a resistência de uma rocha, que não podia ser vencida ou ignorada. Ela não tinha como, pensou Irene, levar uma vida completamente serena. Não com aquele segredo obscuro que sempre espreitava no fundo de sua consciência. E ainda assim não tinha aquele jeito de mulher com a vida atormentada pela incerteza ou pelo sofrimento. Dor, medo e luto eram coisas que deixavam marcas nas pessoas. Até mesmo o amor, essa deliciosa e torturante emoção, deixava seus traços sutis em quem o experimentava.

Já quanto a Clare... ela se manteria mais ou menos do jeito que sempre foi, uma bela e, de alguma forma, solitária menina — egoísta, teimosa e perturbadora.

TRÊS

As coisas de que Irene Redfield se lembrou, mais tarde, a respeito do Baile da Liga do Bem-Estar Negro pareciam, para ela, sem importância e desconectadas.

Lembrou-se do nem tão desdenhoso sorriso com que Brian cobriu sua irritação quando ela lhe informou — ah, pedindo tantas desculpas! — que havia prometido levar Clare, e relatou a conversa que teve durante a visita.

Lembrou-se de sua própria contida exclamação de admiração quando, ao descer as escadas alguns minutos mais tarde do que pretendia, correu para a sala de estar onde Brian a aguardava e deparou-se com Clare. Clare, radiante, dourada, perfumada, ostentando um imponente vestido de tafetá negro brilhante, cuja longa e encorpada saia caía em elegantes drapeados sobre seus pés pequenos e dourados; seu cabelo brilhante preso suavemente em um pequeno coque na nuca; seus olhos refulgindo como duas joias escuras. Irene, com seu novo vestido de chiffon rosa que ia até os joelhos, e seus cachos aparados, sentiu-se deselegante e sem graça. Lamentou não ter dito a Clare para usar alguma coisa mais comum e menos chamativa. O que diabos Brian iria pensar desse deliberado apelo à atenção? Mas se na aparência de Clare havia algo que fosse, para Brian Redfield, perturbador ou desagradável, esse fato não estava discernível para sua esposa quando ela, com uma sensação incômoda de culpa, pôs-se a observar o rosto dele quando Clare explicou que já havia feito as apresentações, acompanhando suas palavras com um sorrisinho de deferência para Brian, e recebendo dele de volta um daqueles seus sorrisos surpresos e quase zombeteiros.

Lembrou de Clare dizendo, quando aceleravam em direção ao norte: "Sabe, sinto-me exatamente como no domingo quando a gente ia para a festa da árvore de Natal. Eu sabia que haveria uma surpresa para mim, e não conseguia adivinhar o que seria. Estou animadíssima. Vocês não têm como imaginar! É maravilhoso estar indo para lá. Eu mal posso acreditar!"

Quando ouvia as palavras e o tom de Clare, um calafrio de desdém atravessou Irene. Tantos superlativos! Disse, tendo o cuidado de soar indiferente: "Bem, talvez, de certo modo, você vá se surpreender. Provavelmente mais do que espera."

Brian, ao volante, retorquiu: "E pode ser que ela não se surpreenda nem um pouco, porque, sem dúvidas, vai ser mais ou menos o que ela espera. Como no caso da árvore de Natal."

Ela lembrou de ziguezaguear, aqui e ali, conversando com essa ou com aquela pessoa, e, num momento ou outro, roubando uma dança de algum homem cujas habilidades de bailarino ela admirava particularmente.

Lembrou-se de ver de relance Clare na multidão a girar, dançando, algumas vezes com um branco, mais frequentemente com um negro, e muitas vezes com Brian. Irene estava feliz por Brian ser gentil com Clare, e também por Clare ter a oportunidade de descobrir que alguns homens de cor eram superiores a alguns homens brancos.

Lembrou-se de uma conversa que teve com Hugh Wentworth em uma meia-hora livre que teve quando desabou em uma cadeira em um camarote vazio e deixou seu olhar vagar pela multidão faiscante lá embaixo.

Homens jovens e velhos; homens brancos e negros; mulheres juvenis e mais velhas, mulheres rosadas e douradas; homens gordos e magros, homens altos e baixos; mulheres roliças e delgadas; mulheres solenes e mulherzinhas desfilavam. Uma velha canção de ninar brotou em sua cabeça. Voltou-se para Wentworth, que acabara de sentar a seu lado, e a recitou:

Rico, pobre
Mendigo, ladrão
Doutor, advogado
Chefe índio.

"Sim", disse Wentworth, "é isso mesmo. Parece que aqui tem todo mundo e mais um pouco. Mas o que estou tentando descobrir é o nome, status e raça daquela beldade loura saída de um conto de fadas. Ela está dançando com Ralph Hazelton neste momento. Um belo estudo de contrastes, eu diria."

E era. Clare, clara e dourada, como um dia de sol. Hazelton, escuro, com olhos brilhantes, como uma noite de luar.

"É uma garota que eu conheci, muito tempo atrás, em Chicago. Ela quer muito conhecer você."

"Que bom para ela, tenho certeza. E agora, que pena!, aconteceu o que costuma acontecer. Todos esses, hum, 'cavalheiros de cor', levaram uma mera nórdica à loucura."

"Que bobagem..."

"É um fato, e acontece com todas as senhoras da raça superior que foram atraídas para a cozinha. Veja só a Bianca. Acha que alguma vez essa noite eu a vi sem que ela estivesse rodopiando nos braços de algum etíope? Não, nunca."

"Mas, Hugh, você tem de admitir que, na média, os homens de cor são melhores dançarinos do que os brancos — quer dizer, se é que você considera que as celebridades e os rastaqueras que vieram parar aqui sejam boas amostras da arte da dança entre os brancos."

"Já que eu nunca troquei passos com nenhum desses machos, não estou em posição de discutir a questão. Mas não acho que seja meramente isso. É algo mais, outra forma de atração. Elas estão sempre falando entusiasmadas sobre a beleza de um negro, de preferência de um especialmente escuro. Esse Hazelton, por exemplo. Dúzias de mulheres já declararam que ele é fascinantemente belo. E quanto a você, Irene? Acha que ele seja — hmm — de uma beleza arrebatadora?"

"Não acho! E não acho que as outras pensem assim. Não de modo sincero, quero dizer. Acho que o que elas sentem é, bem, uma espécie de excitação. Você sabe, do tipo que a gente sente na presença de alguma coisa estranha e, talvez até mesmo repugnante; alguma coisa diferente que está no polo contrário de todas as noções de beleza com que você está acostumado."

"Diabos me levem se eu não acho que você está meio certa!"

"Tenho certeza de que estou certa. Completamente. (Exceto, talvez, quando é apenas uma condescendência da parte delas.) E conheço garotas de cor que passaram pela mesma experiência — do outro lado, naturalmente."

"E quanto aos homens? Você não está de acordo com a opinião geral sobre a razão de eles estarem aqui: puramente predatória. Ou concorda?"

"Não... Mais por curiosidade, eu diria."

Wentworth, cujos olhos eram da cor de âmbar esfumaçado, passou-lhe uma vista longa e examinadora, que era, na verdade, uma encarada. Disse: "Tudo isso é muito interessante, Irene. Temos de ter uma conversa mais longa, assim que pudermos. E lá está sua amiga de Chicago, a primeira vez aqui e tudo. Um exemplo do que falei."

O sorriso de Irene mal havia alçado o canto de seus lábios pintados. Um fósforo entrou em chamas entre as mãos largas de Wentworth enquanto ele acendia o cigarro dela e o dele, e extinguiu-se quando ele perguntou: "Ou não é?"

O riso dela converteu-se em gargalhada. "Oh, Hugh! Você é tão esperto. Geralmente sabe de tudo. Nunca leva gato por lebre. O que você acha? Ela é ou não é?"

Ele soprou um contemplativo aro de fumaça. "Quem me dera! Eu tinha certeza de que tinha aprendido o truque. E, no minuto seguinte, descubro que não consigo distinguir um deles, nem que minha vida dependesse disso."

"Bem, não se preocupe com isso. Ninguém consegue. Pelo menos não conseguem só de olhar."

"Só de olhar, é? O que quer dizer?"

"Receio que não possa explicar. Não claramente. Há maneiras de fazer isso. Mas não são definidas ou tangíveis."

"Uma sensação de parentesco ou algo assim?"

"Céus, não! Ninguém tem isso, nem os cunhados."

"Está certa mais uma vez. Mas fale mais sobre os gatos e as lebres."

"Bem, vou falar da minha experiência com Dorothy Thompkins. A encontrei umas quatro ou cinco vezes, em grupos ou multidões, antes de saber que ela não era negra. Um dia fui convidada para um chá horroroso, terrivelmente pretensioso. Dorothy estava lá. Começamos a conversar. Em menos de cinco minutos, eu sabia que ela era 'branquela'. Não por conta de qualquer coisa que ela tenha feito, ou dito, nem por conta da sua aparência. Foi só... só alguma coisa. Uma coisa que não dá para registrar."

"Sim, entendo o que você quer dizer. Ainda assim, muita gente 'se passa' o tempo todo."

"Não do seu lado, Hugh. É fácil para um negro 'se passar' por branco. Mas não acho que seria lá tão simples para uma pessoa branca 'se passar' por uma de cor."

"Nunca pensei sobre isso."

"Não, você nunca pensou. E por que pensaria?"

Ele a encarou criticamente, por trás da brumas da fumaça: "Está me dando uma indireta, Irene?"

Ela disse sobriamente, "Não, Hugh. Tenho apreço demais por você. E você é sincero demais."

E ela lembrou que, mais para o fim do baile, Brian chegou para ela e disse: "Deixo você primeiro e depois vou levar Clare para a cidade." E que ele havia duvidado do seu discernimento quando ela lhe explicou que não precisava se preocupar, porque havia pedido a Bianca Wentworth para darem carona a ela. Ela realmente achava, ele perguntou, uma boa ideia contar a eles sobre Clare?

"Não lhes contei nada", ela disse direta, já que estava insuportavelmente cansada, "disse apenas que ela estava hospedada no Walsingham. É no caminho deles. E, realmente, não fiquei pensando se a ideia era boa ou não. Mas eu diria que é muito melhor ela ir com eles do que com você."

"Como quiser. É sua amiga, você sabe", ele respondeu dando de ombros, eximindo-se .

A não ser por uma ou outra coisa desconexa, o baile esvaiu-se para uma memória borrada, suas linhas gerais fundindo-se com aquelas dos outros bailes desse tipo que ela havia participado no passado ou participaria no futuro.

Quatro

No entanto, ainda que o Baile se parecesse com qualquer outro, ele foi importante. Marcou o começo de um novo fator na vida de Irene Redfield, algo que deixaria vestígios em todos os anos de sua futura existência. Foi o começo de uma nova amizade com Clare Kendry.

Ela tornou-se visita constante na casa deles depois daquilo. Sempre com um toque de alegria que ia enchendo até transbordar na casa dos Redfield. Irene nunca chegava à conclusão se suas vindas eram uma alegria ou uma irritação.

É certo que ela não dava trabalho. Não precisava ser cuidada, ou mesmo notada — se é que alguém consegue evitar de notar Clare. Se acontecesse de Irene não estar em casa, Clare podia muito bem se entreter com Ted e Junior, que haviam desenvolvido por ela uma admiração que beirava a adoração, especialmente Ted. Ou, se os meninos não estivessem, ela desceria à cozinha e com uma infantil e desesperadora falta de noção, na opinião de Irene, passaria a visita conversando e rindo com Zulena e Sadie.

Irene, ainda que secretamente se ressentisse dessas visitas ao quarto de brinquedos ou à cozinha, por alguma razão obscura que ela evitava pôr em palavras, nunca pediu a Clare que parasse com elas nem insinuou que ela não mimaria sua Margery de forma tão ultrajante nem que não ficaria tão amiga de criados brancos.

Brian encarava essas coisas com o mesmo ar de diversão tolerante que marcava toda a sua atitude para com Clare. Depois daquela ligeira surpresa reprobatória ao ser informado por Irene de que Clare iria com eles ao baile, ele não demonstrou mais nenhuma reprovação à presença de Clare. Por outro lado, não se pode dizer que a presença dela chegasse a agradá-lo. Não o incomodava nem o perturbava, até onde Irene podia julgar. E isso era tudo.

Uma vez perguntou a ele se não achava Clare extraordinariamente linda.

"Não", foi a resposta que ele deu. "Quer dizer, não particularmente."

"Brian, fale a verdade!"

"Não. Honestamente. Talvez eu seja exigente. Suponho que ela seja uma mulher branca muito bonita. Eu gosto das minhas mulheres mais escuras. Ao lado de uma deusa do ébano, ela simplesmente perde."

Clare costumava algumas vezes ir com Irene e Brian para festas e bailes e, em algumas poucas ocasiões, quando Irene não pôde acompanhar ou não estava a fim de ir, ela foi com Brian para algum jogo de bridge ou baile beneficente.

Uma vez ou outra ela veio jantar formalmente com eles. Ela não era, no entanto, apesar da sua postura e sofisticação, a convidada ideal para um jantar. Para além do prazer estético que alguém poderia sentir ao vê-la, ela pouco contribuía: sentada, a maior parte do tempo em silêncio, com um estranho olhar de devaneio em seus olhos hipnóticos. Ainda que fosse capaz de conversar de modo fluente e cativante — se fosse algo do seu interesse, como o desejo de ser incluída em um grupo que iria a um espetáculo, ou um convite para um baile ou um chá.

Geralmente gostavam dela. Era tão amigável e disponível, e tão pronta a elogiar tudo e todos. Tampouco fazia objeção a parecer um tanto patética ou maltratada, para que as pessoas sentissem pena dela. E, não importando quantas vezes ela estivesse entre eles, permanecia de algum modo alheia, um tanto misteriosa e estranha, alguém que se admira e de quem se tem pena.

Suas visitas eram erráticas e incertas, já que, naquela situação, dependiam da presença ou ausência de John Bellew na cidade. Mas ela conseguia, vez por outra, dar uma escapada para o Harlem mesmo quando ele não estava por perto. Com o passar do tempo, sem aparente risco de ser desmascarada, até mesmo Irene deixou de se inquietar com a possibilidade de o marido de Clare deparar-se com a identidade racial dela.

A filha deles, Margery, tinha ficado na escola, na Suíça, para onde Clare e Bellew voltariam no começo da primavera. Em março, Clare pensou. "E como eu odeio pensar nisso!", dizia, sempre com uma ponta de rebeldia reprimida. "Mas não vejo como me livrar disso se Jack não quer nem saber de me ouvir dizer em ficar para trás. Se eu conseguisse só uns dois meses a mais aqui em Nova York, quero dizer, sozinha, eu seria a pessoa mais feliz do mundo."

"Imagino que você também vai ficar feliz quando chegar lá", Irene disse-lhe um dia quando ela se lamuriava pela partida iminente. "Lembre-se, tem a Margery. Pense na felicidade que vai ser quando a vir depois de tanto tempo."

"Filhos não são tudo", foi a resposta de Clare Kendry. "Há outras coisas no mundo, embora eu admita que algumas pessoas nem façam ideia disso." E riu mais ainda ao que parece, de uma piada secreta sua.

Irene replicou: "Não está falando sério, Clare. Está só me provocando. Sei muito bem que levo muito a sério a maternidade, estou amarrada a meus meninos e a cuidar da minha casa. Não posso evitar. E, francamente, não acho que isso seja uma piada." E, ainda que ciente do leve tom moralizante em suas palavras e atitudes, ela não tinha nem o poder nem a vontade de desanuviá-lo.

Clare, subitamente muito sóbria e dócil, disse: "Você está certa. Não é piada alguma. Tenho vergonha de ter te provocado, Rene. Você é tão boa..." E esticou os braços e deu em Irene um abraço afetuoso. "Nem pense, aconteça o que acontecer, que eu vou esquecer o quanto você tem sido boa para mim."

"O que é isso..."

"Ah, tem sim. Você tem sido muito boa para mim. É só que eu não tenho a moral nem o sentimento de obrigação, como você tem, e por isso eu ajo assim."

"Agora está falando bobagem."

"Mas é verdade, Rene. Não vê que eu não sou como você? Puxa, para conseguir as coisas que eu quero muito, eu faço o que for preciso, magoo quem quer que seja, jogo qualquer coisa fora. Sério, Rene, sou um perigo." Sua voz, bem como a expressão no seu rosto, tinham uma sinceridade suplicante que deixava Irene vagamente desconfortável.

Disse: "Não acredito nisso. Em primeiro lugar, isso que está dizendo é tão profundamente, maldosamente errado. E quanto a você jogar as coisas fora..." E parou, por não encontrar um termo aceitável para expressar sua opinião sobre a natureza "ávida" de Clare.

Mas Clare Kendry havia começado a chorar, em alto e bom som, sem tentar se conter, e por nenhuma razão que Irene pudesse descobrir.

PARTE TRÊS
Finale

UM

O ano já ia se aproximando do fim. Outubro e novembro já haviam ficado para trás. Dezembro chegou com uma neve ligeira e depois uma geada e depois um degelo e alguns dias suaves e agradáveis que traziam em si um gosto de primavera.
    Esse tempo sereno não era nem um pouco natalino, Irene pensava enquanto dobrava para sua rua vinda da Sétima Avenida. Não gostava que fosse cálido e primaveril quando deveria estar frio e seco, ou ainda cinzento e nublado como quando a neve está para cair. O clima, assim como as pessoas, deve entrar no espírito da estação. Agora os feriados estavam quase chegando, as ruas por onde passou estavam rajadas por riachos de água barrenta, e o sol ardia tanto que as crianças haviam retirado seus chapéus e cachecóis. Era tudo tão doce, quase como abril. O tipo de clima perfeito para a Páscoa, mas certamente não para o Natal.

Entretanto, admitia com relutância, ela mesma tampouco sentia o espírito natalino este ano. Mas quanto a isso, assim como quanto ao tempo, ela nada poderia fazer. Estava exausta e deprimida. E, por mais que tentasse, não conseguia se livrar daquela tristeza embotada, indefinida, que com uma teimosia cada vez maior, tomara conta dela. A caminhada a esmo pelas ruas animadas do Harlem, bem depois de ela ter comprado as flores que foram a sua desculpa para sair de casa, não passara de mais um esforço seu para se livrar da melancolia.

Galgou os degraus de pedra clara, entrou pela casa e cruzou até a cozinha. Mais tarde viriam pessoas para o chá. Mas isso, ela descobriu após algumas palavras trocadas com Sadie e Zulena, não precisava preocupá-la. Estava agradecida. Não queria ser incomodada. Subiu as escadas, tirou suas coisas e caiu na cama.

Pensou: "Que droga essas pessoas vindo para o chá!"

Pensou: "Se ao menos eu tivesse certeza de que, no fundo, é somente aquela história de ir para o Brasil."

Pensou: "O que quer que seja, se ao menos eu soubesse o que é, poderia lidar com isso."

Brian de novo. Infeliz, irrequieto, alheio. E ela, que sempre se orgulhou de conhecer os humores dele, suas causas e remédios, achava primeiramente impensável, e depois intolerável, que essa, tão igual e tão diferente às outras inquietações dele, pudesse ser, para ela, tão incompreensível e fugidia. Ele ficava inquieto, e depois já não ficava. Estava infeliz, mas por vezes ela sentia que ele possuía alguma intensa e secreta satisfação, como um gato que tivesse roubado a torta. Ele se irritava com os meninos, especialmente com Junior, já que Ted, que sempre pareceu ter um estranho conhecimento dos períodos de mau humor do pai, se punha para fora do caminho sempre que possível. Os meninos o tiravam do sério, provocavam nele surtos violentos, muito diferentes dos comentários gentilmente sarcásticos que constituíam sua ideia de disciplina. Por outro lado, com ela ele agia de modo mais cauteloso e sóbrio do que o de costume. E há semanas que ela não sentia o corte afiado de sua ironia.

Ele era como um homem que marcava o tempo, aguardando. Mas aguardava o quê? Era extraordinário que, depois de todos esses anos de aguda percepção, ela agora não tivesse o talento de descobrir o que significava aquela aparência de espera. Saber que, apesar de toda a sua vigilância e seu estudo paciente, a razão para o mau humor dele ainda lhe era impenetrável, a preenchia de um horror funesto. Aquele resguardo dele parecia a ela injusto. Uma falta de consideração e um alarme. Era como se ele tivesse caminhado para além, para fora do alcance dela, algum lugar estranho e emparedado, onde ela não conseguia alcançá-lo.

Fechou os olhos, pensando na bênção que seria se ela pudesse cochilar um pouco antes que os meninos chegassem da escola. Ela não conseguiria dormir, é claro, ainda que estivesse com muito sono por ter atravessado ultimamente tantas noites em claros. Noites preenchidas com questionamentos e premonições.

Mas ela dormiu — e por muitas horas.

Acordou para encontrar Brian ao lado do seu leito, olhando para ela, com uma expressão inexpugnável nos olhos.

Ela disse: "Devo ter caído no sono", e viu um tênue fantasma do antigo sorriso dele passar por seu rosto.

"Já são quase quatro horas", ele contou querendo dizer que ela iria se atrasar mais uma vez.

Ela reprimiu a primeira resposta que lhe veio aos lábios e disse, em vez disso: "Estou me levantando. Que bom que veio me chamar." Sentou-se.

Ele fez uma mesura. "Sempre o marido atencioso, como vê."

"Sim, sempre. E graças a Deus que está tudo pronto."

"Tudo exceto você. Ah, e Clare está lá embaixo."

"Clare! Mas que perturbação! Eu não a convidei. De propósito."

"Entendo. Pode um mero homem perguntar o porquê? Ou seria a razão sutilmente feminina demais para que ele possa compreender?"

Um pouco de seu sorriso havia retornado. Irene, que estava começando a desanuviar-se da depressão com esses gracejos familiares, disse, quase alegremente: "Não há nenhum motivo. Só que essa festa é para o Hugh, e acontece que Hugh não se importa muito com Clare. Dessa forma, eu, que por acaso sou a pessoa que está oferecendo essa festa, por acaso não a convidei. Nada poderia ser mais simples, não é?"

"Nada. É tão simples que consigo ver além da sua simples explicação e depreender que Clare, provavelmente, nunca deu a Hugh a admirada atenção que ele considera ser lhe mais do que merecida. A coisa mais simples do mundo."

Irene exclamou, intrigada. "E eu achava que você gostasse de Hugh! Você não acredita, não pode acreditar em uma coisa tão idiótica!"

"Bem, Hugh acha que é Deus, você sabe."

"Isso", Irene declarou, levantando-se da cama, "não é nem um pouco verdade. Ele se acha bem mais do que isso, como você, que o conhece e já leu seus livros, deveria saber bem. Se você lembrasse de como é baixa a opinião que ele tem sobre Deus, não cometeria um erro tão tolo."

Ela foi ao armário buscar suas coisas e, ao retornar, pendurou seu vestido no espaldar de uma cadeira, e dispôs seus sapatos no chão, ao lado. Então sentou-se diante da penteadeira.

Brian nada falou. Continuou de pé, ao seu lado, parecendo olhar nada em particular. Certamente não olhava para ela. Sim, seus olhos estavam voltados para ela, mas neles havia alguma qualidade que a fazia sentir como se naquele momento ela não fosse mais que uma lâmina de vidro através da qual ele encarava. O quê? Ela não sabia, não conseguia adivinhar. E isso a deixava desconfortável. A atiçava.

"Bem, acontece que Hugh prefere as mulheres inteligentes."

Ele ficou visivelmente espantado. "Quer dizer que acha Clare estúpida?", perguntou, encarando-a com sobrancelhas erguidas, que enfatizavam a descrença em sua voz.

Ela retirou o creme de suas faces, antes de dizer: "Não, não acho. Ela não é estúpida. Ela é inteligente o bastante, de um jeito puramente feminino. A França do século 18 seria um excelente lugar para ela, ou o Velho Sul, se ela não tivesse cometido o erro de ter nascido negra."

"Entendo. Inteligente o suficiente para usar espartilhos apertados e fazer reverências sussurrando elogios e pegando leques caídos no chão. Um belo quadro. Mas talvez um tanto felino em suas implicações."

"Bem, só posso dizer que você não me entendeu. Ninguém admira Clare mais do que eu pela inteligência que possui, bem como por suas qualidades decorativas. Mas ela não é, não tem... ah, como explicar? Veja a Bianca, por exemplo, ou, para mantermos na raça, a Felise Freeland. Elas têm a beleza e o cérebro. Cérebros de verdade, que se sustentam diante de quem quer que seja. Clare tem cérebro também, por assim dizer, o tipo que é útil também. Aquisitivo, você sabe. Mas ela levaria um homem como Hugh ao suicídio pelo tédio. Ainda assim, nunca pensei que Clare viesse a uma festa particular para a qual não foi convidada. Mas ela é assim mesmo."

Por um minuto fez-se silêncio. Ela completou o arco rubro brilhante de seus lábios. Brian moveu-se em direção à porta. Estava com a mão na maçaneta. Disse: "Desculpe-me, Irene. É tudo minha culpa. Ela parecia tão magoada por não ter sido incluída que eu disse a ela que você com certeza havia esquecido, e que era para ela vir."

Irene exclamou: "Mas Brian, eu..." e parou, desconcertada com a raiva feroz que a consumia.

A cabeça de Brian girou rápida. Suas sobrancelhas levantadas em uma estranha surpresa.

A voz dela, ela se dava conta, tinha mesmo soado esganiçada. Mas ela teve uma sensação instintiva de que essa não fora a causa da atitude dele. E daquele movimento de contração nos ombros. Não era como o de um homem que se preparava para receber um golpe? Seu medo era como uma lança escarlate de terror lancinando seu coração.

Clare Kendry! Então era isso! Impossível. Não poderia ser.

No espelho diante de si, ela viu que ele ainda a encarava com aquele ar de leve espanto. Ela desceu seus olhos para os frascos e potes sobre a mesa e começou a tateá-los com dedos que tremiam levemente.

"É claro", ela disse, com cautela. "Estou feliz que a tenha convidado. E, apesar dos meus comentários recentes, Clare de fato anima uma festa. É tão bonita de se ver."

Quando ela voltou a olhá-lo, a surpresa já não estava no rosto dele, e tampouco a apreensão em sua postura.

"É sim", ele concordou. "Bem, acho que é melhor eu ir na frente. Um de nós dois tem de estar lá embaixo, suponho."

"Tem razão. Um de nós tem de descer." Estava surpresa por usar seu tom normal enquanto falava, tomada que estava pelo coração desde que aquele receio e torpor haviam dado lugar, subitamente, ao pânico agudo. "Vou descer daqui a pouquinho", prometeu.

"Tudo bem." Ele permaneceu, porém. "Você tem razão. Não se incomoda mesmo por eu tê-la convidado? Não foi tão ruim, quero dizer? Agora me dou conta de que deveria ter conversado contigo. Deveria ter confiado que as mulheres têm suas razões para tudo."

Fingiu olhar para ele, conseguiu manter um sorriso, e desviou. Clare! Que repugnante!

"Sim, elas têm, não é mesmo?", disse, lutando para manter sua voz no tom casual. Dentro dela sentiu tomar forma um sentimento, não ausente, mas reprimido. E essa forma estava crescendo, inchando. Por que ele ainda não foi embora? Por que não se foi?

Ele abriu a porta por fim. "Não vai se demorar?", perguntou, admoestando.

Ela meneou a cabeça, incapaz de falar, já que sua garganta estava apertada, e a confusão em sua mente era como o bater de asas. Atrás de si, ouviu o suave impacto da porta que se fechava depois dele, e soube que ele se fora. Descera para Clare.

Por um longo minuto permaneceu sentada, rígida, exaurida. O rosto no espelho desapareceu de sua vista, embotado por essa coisa que tão subitamente faiscou por sua mente tateante. Era impossível para ela pôr imediatamente em palavras, ou delinear, já que, impelida por algum impulso de autoproteção, ela recuava diante da expressão exata.

Fechou os olhos que nada viam e apertou os punhos. Tentou não chorar. Mas seus lábios se comprimiam, e nenhum esforço foi capaz de conter as lágrimas cálidas de raiva e vergonha que brotaram em seus olhos e escorreram pelas faces. Assim, deitou o rosto em seus braços e chorou silenciosamente.

Quando se certificou de que havia acabado de chorar, secou as lágrimas mornas remanescentes e levantou-se. Após banhar seu rosto inchado na água fria e refrescante e aspergir um jato de ardente água de colônia, voltou ao espelho e encarou a si mesma, com gravidade. Satisfeita por não haver nenhuma evidência de choro, passou um pouco de pó em seu rosto quase branco e de novo o examinou cuidadosamente, e com uma espécie de desprezo humilhante.

"Acredito", ela confidenciou ao espelho, "que você tenha sido um pouco — ah, tem sido muito — uma maldita de uma tola."

No andar de baixo, o ritual do chá lhe deu alguns momentos de ocupação e isso, ela concluiu, foi uma bênção. Ela não queria nenhum intervalo desocupado em sua mente que a fizesse imediatamente retornar àquele horror que ainda não tinha reunido coragem suficiente para encarar. Servir chá de modo adequado e agradável era uma ocupação que requisitava uma espécie de atenção bem equilibrada.

Na sala, ouviu-se uma campainha de relógio. Um único som. Quinze minutos depois das cinco horas. E foi tudo! E, ainda assim, no curto espaço de meia hora, toda a sua vida havia mudado, perdido a cor, a vividez, todo o seu sentido. Não, ela refletiu, não era que aquilo houvesse acontecido. A vida em seu entorno, aparentemente, continuou exatamente como estava antes.

"Oh, senhora Runyon... Que bom voltar a vê-la... Dois?... Mesmo?... Que maravilha!... Sim, acho que terça pode ser...".

Sim, a vida prosseguia precisamente como antes. Era somente ela quem havia mudado. Saber daquilo, deparar-se com aquilo, a havia mudado. Era como se, em uma casa há muito tempo na penumbra, alguém riscasse um fósforo, revelando formas grotescas onde só havia sombras embaçadas.

Conversas, conversas, conversas. Alguém lhe fez uma pergunta. Ela olhou com o que sentiu ser um sorriso rígido.

"Sim... Brian trouxe no inverno passado, do Haiti. É terrivelmente estranho, não é?... Chega a ser maravilhoso em seu jeito horrível... Praticamente de graça, eu acho. Alguns centavos..."

Horrível. Um grande esgotamento tomou conta dela. Mesmo o menor gesto de verter chá dourado em velhas xícaras finas parecia-lhe quase demais para ela. Ela continuou servindo. Repetiu seu sorriso. Respondeu a perguntas. Fabricou conversações. Pensou: "sinto-me como a pessoa mais velha no mundo e que ainda terá de viver por um longo tempo."

"Josephine Baker?... Não, nunca a vi... Bem, ela pode ter atuado em *Shuffle Along*[3] quando assisti, mas

---

[3] *Josephine Baker, atriz, dançarina e cantora foi a primeira negra a protagonizar um filme,* Siren of the Tropics, *no mesmo ano em que se passa a história de Irene e Clare, 1927. O pai de Josephine, desconhecido, foi provavelmente um homem branco.*

se ela estava lá, não me lembro... Ah, mas você se engana... Eu acho Ethel Waters[4] maravilhosa..."

Ouve-se o som familiar do tilintar das colheres contra a frágil parede das xícaras, o chiado da conversa inconsequente pontuada aqui e ali por risadas. Em pequenos grupos irregulares, desintegrando, aglutinando, soando a nota adequada de desarmonia, desordem no salão, que Irene havia mobiliado com uma parcimônia que era quase casta, moviam-se os convidados com aquela leve familiaridade que faz da festa um sucesso. Pelo chão e pelas paredes, o sol que ia se pondo lançava longas e fantasmagóricas sombras.

Quantas ocasiões de chá ela já tivera. E tão diferente daquelas outras. Mas ela não deve pensar ainda. Tem muito tempo para isso depois. Todo o tempo do mundo. Ela teve um segundo lampejo de consciência do que aquelas palavras poderiam prenunciar. Tempo com Brian. Tempo sem ele. Já se passaram, deixando em seu lugar um quase incontrolável impulso de gargalhar, gritar, arremessar coisas. Ela queria, de repente, chocar as pessoas, feri-las, fazer com que a notassem, que soubessem do sofrimento dela.

Shuffle Along foi um musical de sucesso, que estreou na Broadway em 1921. Foi escrito e interpretado por afro-americanos e foi o primeiro a incorporar o jazz à trilha sonora. Em uma das cenas, um personagem afirma que quanto mais clara é a sua pele, mais desejável é uma mulher negra.

4 *Atriz e cantora de sucesso. Era negra de pele clara, tendo nascido a partir do estupro de sua mãe (quando tinha talvez 13 anos) por um homem negro de pele bastante clara.*

"Olá Dave... Felise... Suas roupas levam a metade das mulheres do Harlem ao desespero... Como consegue?... Que lindo, é da Worth ou da Lanvin? ... Ah, um mero Babani..."

"Meramente isso", Felise Freeland reconheceu. "Deixa disso, Irene, do que quer que seja. Você está parecendo o segundo coveiro."[5]

"Obrigada pela dica, Felise. Não estou me sentindo à altura. É o clima, eu acho."

"Compre um vestido caro para você, garota. Comigo sempre funciona. Sempre que esta aqui fica tristinha, sai dinheiro da carteira do Dave. E como vão os seus meninos?"

Os meninos! Por um momento se esquecera deles.

Estavam bem, disse a Felise, muito bem. Felise murmurou alguma coisa como se dissesse que bom, e falou que tinha de se mandar, porque viu a senhora Bellew sentada sozinha, "e eu tentei pegá-la sozinha a tarde toda. Eu a quero em uma festa. Ela não está deslumbrante hoje?"

Clare estava mesmo. Irene não se lembrava de tê-la visto alguma vez mais bonita. Vestia um simplíssimo vestido marrom-canela que ressaltava toda a sua beleza vívida e um chapeuzinho dourado. De seu pescoço pendia um cordão de contas de âmbar que facilmente faria seis ou oito voltas como um que Irene tinha. Sim, ela estava deslumbrante.

---

5   *Personagem patético de* Hamlet.

A algaravia das conversas fluiu. A lareira crepitou. As sombras se esticaram.

Do outro lado do salão estava Hugh. Ele não estava, Irene assim esperava, entediado demais. Sua aparência era a de sempre: um tanto distraído, um tanto entretido, e de alguma forma exausto. E, como de costume, ele estava pairando sobre as prateleiras de livros. Mas não estava, ela notou, olhando para o livro que havia retirado. No lugar disso, seus olhos cor de âmbar esfumaçado estavam atraídos por alguma coisa do outro lado do salão. E pareciam desdenhosos. Bem, Hugh nunca tinha se importado muito com Clare Kendry. Por um minuto, Irene hesitou, então virou o rosto, ainda que soubesse muito bem o que estava prendendo a atenção de Hugh. Clare, que de repente nublara todos os seus dias. Brian, o pai de Ted e Junior.

O rosto de mármore de Clare estava como sempre foi, belo e carinhoso. Ou, talvez, nesse dia, um pouco mascarado. Velado. Inalterado e não perturbado por qualquer emoção, interior ou exterior. O rosto de Brian parecia a Irene deploravelmente nu. Ou será que foi sempre assim? Esse olhar semiapagado, será que sempre esteve lá? Que estranho, que ela não soubesse, não conseguisse se lembrar. Então ela o viu sorrir, e o sorriso fez o rosto dele parecer animado e brilhante. Impelida por algum impulso interior de lealdade a si mesma, ela desviou o olhar. Mas só por um momento. E quando voltou a olhar para eles, pensou que a expressão em seu rosto era a mais melancólica e no entanto a mais zombeteira que já havia visto nele.

Nos quinze minutos seguintes, ela comprometeu-se com Bianca Wentworth na rua Sessenta e Dois, com Jane Tenant na Sétima Avenida com a rua Cento e Cinquenta e com os Dashields no Brooklyn, para jantar, na mesma noite, e quase no mesmo horário.

Ah, o que importava isso? Ela não conseguia pensar em mais nada, tudo o que sentia era uma grande fadiga. Diante de seus olhos cansados, Clare Kendry conversava com Dave Freeland. Retalhos daquela conversa, na voz rouca de Clare, voaram até ela "...sempre o admirei... tanto sobre você um ano atrás... todo mundo diz isso... ninguém a não ser você..." E mais do mesmo. O homem pendurava-se extasiado às palavras dela, ainda que fosse o marido de Felise Freeland, e autor de romances que revelavam um homem de percepção de ironia devastadora. E agora ele caía naquela conversa mole! E tudo porque Clare tinha esse truque de deslizar as pálpebras de marfim sobre aqueles olhos negros avassaladores e então erguê-las de repente, e com um sorriso cálido. Homens como Dave Freeland caem nesse truque. E Brian.

Sua prostração mental e física retrocedeu. Brian. O que significava aquilo? Como iria afetar ela e os meninos? Os meninos! Teve um sopro de alívio. O pensamento recuou, desapareceu. Um sentimento de absoluta desimportância seguiu-se. De fato, ela não contava. Ela era, para ele, somente a mãe de seus filhos. E isso era tudo. Sozinha não era nada. Pior que isso. Um obstáculo para ele.

O ódio fervia-lhe por dentro.

Ouviu-se um leve estilhaçar. No chão, a seus pés, estava a xícara partida. Manchas escuras salpicavam o tapete claro. O burburinho parou. Retomou. Diante dela, Zulena catou os fragmentos brancos.

Como se viesse de longe, a voz entrecortada de Hugh Wentworth chegou até ela, ainda que ele estivesse, e ela sabia de algum modo milagroso, a seu lado.

"Perdão", ele se desculpou. "Eu devo tê-la empurrado. Que desajeitado. Não me diga que era caríssimo ou insubstituível."

Doía. Deus do céu! Como doía! Mas ela não poderia pensar naquilo agora. Não com Hugh à sua frente murmurando desculpas e mentiras. O significado de suas palavras, o poder de seu discernimento, instilavam nela um sentido de cautela. Seu orgulho estava revolto. Maldito Hugh! Alguma coisa tinha de ser feita sobre ele. Agora. Ela não poderia, ao que parece, impedir que ele soubesse. Já era tarde demais para isso. Mas ela poderia e iria deixá-lo sem saber o que ela sabia. Ela poderia e iria aguentar. Tinha de aguentar. Tinha os meninos. Todo seu corpo retesou-se. Naquele segundo, ela viu que poderia aguentar qualquer coisa, mas só se ninguém soubesse que ela tinha algo a aguentar. Doía. Dava-lhe medo, mas ela poderia aguentar.

Voltou-se para Hugh. Sacudiu a cabeça. Ergueu os olhos escuros e inocentes para os olhos claros e preocupados dele. "Oh, não", protestou, "você não me empurrou. Se me jurar que não vai contar, eu te falo como aconteceu."

"Feito."

"Já notou esta xícara? Bem você está com sorte. Foi a coisa mais feia que seus ancestrais, os charmosos Confederados, já possuíram. Já esqueci quantos milhares de anos atrás foi que o tio-tataravô do Brian a conseguiu. Mas ele tem, ou tinha, uma boa história. Foi trazida para o norte pelo subterrâneo. Sim! O que estou querendo dizer é que nunca descobri um meio de me livrar dela até cinco minutos atrás. Tive uma inspiração. Tinha apenas que quebrá-la, e me livraria dela para sempre. Tão fácil! E nunca havia pensado nisso antes."[6]

Hugh assentiu com a cabeça, e seu sorriso gélido espalhou-se por seu rosto. Será que ela o convencera?

"Mesmo assim", prosseguiu, com uma risadinha que não pareceu, ela tinha certeza, nem um pouco forçada. "Estou disposta a você assumir a culpa e admitir que me empurrou no momento errado. Para que servem os amigos, se não para nos ajudar a aguentar nossos pecados? Brian certamente vai saber que foi por culpa sua.

"Mais chá, Clare?... Não consegui um minuto a sós contigo... Sim, uma bela festa... Você vai ficar para o jantar, espero... Ah, que pena... Vou ficar sozinha com os meninos... Eles vão ficar tristes. Brian tem um compromisso médico, ou algo assim... Que belo vestido está usando... Obrigada... Bem, tchau, espero voltar a vê-la logo."

---

6   Os confederados eram os sulistas escravocratas que estavam em conflito com os nortistas abolicionistas na Guerra Civil americana. O "subterrâneo" refere-se à Underground Railroad, uma organização de negros livres e brancos antiescravidão para extrair escravizados do sul para que fossem livres no norte.

O relógio soou. Uma. Duas. Três. Quatro. Cinco. Seis. Será que se passou pouco mais de uma hora desde que ela descera para o chá? Uma horinha.

"Precisa mesmo ir?... Tchau... Muito obrigada... Tão bom ver vocês... Sim, quarta-feira... Mande um beijo para Madge... Desculpa, mas terça-feira para mim não dá... Ah, sério? ... Sim... Adeus... Adeus... "

Doía. Doía como o inferno. Mas não importava se ninguém soubesse. Se tudo pudesse continuar como antes. Se os meninos estivessem a salvo.

Doía.

Mas não importava.

Dois

Mas sim, importava. Importava mais do que qualquer coisa que já importara antes.

Que amargura! Tanto que aquele temor, aquela insegurança que ela havia sentido, a ânsia de Brian de ir para outro lugar, parecia agora para ela uma trivialidade infantil! E com ela, a coragem e a resolução para enfrentar tal temor. Das possibilidades e dos perigos dos quais ela percebe agora que fugiu. Para esses ela não tinha qualquer remédio ou coragem. Desesperadamente, ela tentou abafar o conhecimento que gerou essa tempestade, a qual ela não tinha poder algum para moderar ou aquietar dentro de si. E nisso foi semi bem-sucedida.

Por que, raciocinou, o que houve lá, o que haveria, para demonstrar que ela estava meio correta na ideia que a atormentava? Nada. Não havia visto nada, ouvido nada. Não tinha fatos ou provas. Estava apenas deixando-se despedaçar por uma suspeita infundada. Tinha sido um desses casos nos quais quem procura por problemas acaba encontrando. Somente isso. Com esta autoafirmação, a de que não tinha conhecimento concreto, redobrou seus esforços para afastar da mente aqueles pensamentos angustiantes de fidelidades rompidas e confianças traídas que toda a visão mental de Clare, ou de Brian, a trazia. Ela não poderia, ela não iria, passar de novo pela agonia que acabara de deixar para trás.

Ela precisava, disse a si mesma, ser justa. Em toda sua vida de casada não tivera a menor causa para suspeitar de seu marido ou de qualquer infidelidade, ou mesmo de flertes sérios. Se — e ela duvidava disso — ele tivera suas horas de conduta errática lá fora, ela os desconhecia. E por que começar a assumir que elas ocorreram? E baseando-se em nada mais concreto que uma ideia que brotou em sua mente, só porque ele lhe dissera que havia convidado uma amiga, uma amiga dela, para uma festa em sua casa. E em uma hora em que ela estava, provavelmente, mais dormindo que desperta. Como é então que ela, sem nada ter sido feito ou dito, ou desfeito ou desdito, acreditava tão facilmente que ele era culpado? Como ela se dispunha tão prontamente a renunciar a toda a confiança no valor de suas vidas juntas?

E se, por acaso, houvesse alguma coisinha — bem, o que isso significaria? Nada. Tinha os meninos. Tinha John Bellew. Pensar nesses três dava a ela um certo alívio. Mas ela não encarava o futuro. Queria não sentir nada, pensar em nada; simplesmente acreditar que não passava de uma tola invenção por parte dela. Ainda assim ela não conseguia. Não muito.

O Natal, com sua irrealidade, sua correria febril, sua falsa alegria, veio e se foi. Irene estava grata pela inquietação confusa dessa época. Sua irritação, suas multidões, sua frívola e dissimulada repetição de cordialidades, a mantiveram longe da contemplação da própria infelicidade crescente.

Estava agradecida também pela contínua ausência de Clare, a quem, John Bellew, de volta de longa temporada no Canadá, havia carregado para a outra vida dela, remota e inacessível. Mas martelando na prisão emparedada dos pensamentos de Irene estava a desprezada noção de que, ainda que ausente, Clare estava bem presente, estava por perto.

Brian também havia se retirado. A casa continha seu ser exterior e seus pertences. Ele vinha e ia na sua habitual irregularidade silenciosa. Sentava-se na outra ponta da mesa. Dormia no quarto ao lado do dela. Mas estava distante e inacessível. De nada adiantava fingir que ele estava feliz, que as coisas estavam como sempre foram. Ele não estava; elas não estavam. No entanto, ela afirmava a si mesma que isso não necessariamente tinha a ver com Clare. Era, ou devia ser, outra manifestação daquela velha ânsia.

Contudo ela desejava, sim, que já fosse a primavera, março, para que Clare estivesse navegando para fora da vida dela e de Brian. Ainda que ela quase tenha conseguido acreditar que não houvesse nada mais que amizade generosa entre os dois, estava muito cansada de Clare Kendry. Queria se livrar dela e das suas furtivas chegadas e partidas. Se ao menos alguma coisa acontecesse, alguma coisa que fizesse John Bellew decidir-se por partir mais cedo, ou algo que removesse Clare. Qualquer coisa. Ela não se importava com o que fosse. Nem mesmo que a Margery de Clare estivesse doente ou para morrer. Nem mesmo que John Bellew fosse descobrir que Clare...

Ela inspirou o ar rapidamente. Por um longo tempo permaneceu sentada olhando para suas mãos sobre o colo. Que estranho, ela nunca antes se dera conta de como seria fácil tirar Clare de sua vida. Tudo o que teria de fazer era contar a John Bellew que a esposa dele... Não! Isso não! Mas se ele de alguma forma viesse a saber daquelas visitas ao Harlem... Por que ela hesitaria? Para que poupar Clare?

Entretanto ela recuou da ideia de contar àquele homem, ao marido branco de Clare Kendry, nada que o levasse a suspeitar que sua esposa era uma negra. Também não poderia escrever, ou telefonar, ou contar a alguém que pudesse contar a ele.

Estava presa entre dois compromissos morais, diferentes, porém o mesmo. Consigo mesma. E com sua raça. Raça! A coisa que a amarrava e a sufocava. Qualquer passo que desse, se viesse a dar algum passo, iria arrasar alguma coisa. A pessoa ou a raça. Clare, ela mesma, ou a raça. Ou, quem sabe, as três. Nada, ela imaginou, era mais tragicamente irônico.

Sentada sozinha, na sala silenciosa, à agradável luz da lareira, Irene Redfield desejou, pela primeira vez na vida, não ter nascido uma negra. Pela primeira vez ela sofreu e rebelou-se por não poder ignorar o fardo da raça. Já era suficiente, gritou em silêncio, sofrer como mulher, um indivíduo, por conta própria, sem ter de sofrer pela raça também. Era uma brutalidade, e imerecida. Certamente, não havia povo mais amaldiçoado que os filhos escuros de Cam.

Não obstante sua fraqueza, sua retração, sua própria incapacidade de enfrentar a situação, não a impediu de desejar com fervor que, de alguma maneira que não a envolvesse, John Bellew viesse a descobrir que sua esposa tinha um "pé na cozinha" — Irene não queria isso —, mas que ela estava passando todo o tempo, enquanto ele estava fora, no Harlem negro. Somente isso. Seria o suficiente para ela se livrar para sempre de Clare Kendry.

TRÊS

Como se em resposta a seu desejo, no dia seguinte Irene ficou face a face com Bellew.
Ela tinha ido para o centro com Felise Freeland para fazer compras. O dia estava excepcionalmente frio, com um vento forte que marcara de vermelho-tijolo as faces suaves e douradas de Felise e umedecera os olhos castanhos de Irene.
Agarrando-se uma à outra, com as cabeças abaixadas para se proteger do vento, dobraram a Avenida em direção à rua Cinquenta e Sete. Uma súbita rajada as varreu na esquina com inesperada rapidez e elas colidiram com um homem.
"Perdão", Irene pediu, rindo, e olhou para o rosto do marido de Clare Kendry.
"Senhora Redfield!"

Tirou o chapéu. Estendeu a mão sorrindo cordial.
Mas o sorriso se apagou de vez. Surpresa, incredulidade e — seria percepção? — passaram pelo seu rosto.
Ele havia, e Irene sabia, se dado conta de Felise, dourada, com cabelo cacheado de negro, cujo braço estava colado ao dela. Teve então certeza da percepção no rosto dele, quando voltou a olhar para ela e de novo para Felise. E do desprazer.
Ele, no entanto, não recolheu sua mão estendida. Não imediatamente.
Porém Irene não tomou sua mão. Instintivamente, ao primeiro sinal de reconhecimento, o rosto dela tornou-se uma máscara. Agora ela lançava para ele um olhar de quem nada entendia, um olhar interrogador. Vendo que ele ainda permanecia com a mão estendida, deu-lhe o olhar frio e avaliador que ela reservava aos tarados, e puxou Felise.
Felise falou lentamente: "A-ha! Estava se 'passando', não é? Bem que estava desconfiada."
"Sim, estou vendo que você estava."
"Puxa, Irene Redfield! Parece que você se importa muito com isso. Me desculpe."
"Me importo, mas não pelo motivo que você está pensando. Acho que nunca me passei por nativa na minha vida, a não ser quando era conveniente: restaurantes, ingressos para o teatro, e coisas assim. Quero dizer, nunca fiz isso socialmente, somente uma vez. Você acaba de passar pela primeira pessoa que conheci enquanto estava disfarçada de mulher branca."

"Sinto muito. 'Não escapareis jamais ao castigo de vossos próprios pecados'[7] e tudo mais. Mas me conta!"

"Bem que eu gostaria. E você iria achar divertido. Mas não posso."

A risada de Felise foi lânguida e blasé como sua voz serena. "Será que a honesta Irene... Oh, olha para aquele casaco. Aquele, o vermelho. Não é um sonho?"

Irene pensava: "Tive a oportunidade e não aproveitei. Só precisa falar com ele e o apresentar a Felise, com a observação casual de que ele era o marido de Clare. Só isso. Estúpida. Estúpida."Aquela lealdade instintiva à raça. Por que ela não conseguia se livrar disso? E por que proteger Clare? Clare, que tinha demonstrado tão pouca consideração para com ela, e com os dela. O que ela sentia não era nem tanto um ressentimento, estava mais para um desespero amorfo porque ela não conseguia mudar esse aspecto em si, não conseguia separar os indivíduos da raça, ela mesma de Clare Kendry.

"Vamos para casa, Felise. Estou tão cansada que poderia desabar."

"O quê? Não fizemos nem metade das coisas que planejamos."

"Eu sei, mas está frio demais para ficar batendo perna pela cidade. Mas você fique se quiser."

"Acho que é o que vou fazer, isso se você não se incomodar."

---

7 *Números 32:23.*

Agora Irene se defrontava com outro problema. Precisava contar a Clare sobre aquele encontro. Alertá-la. Mas como? Não a via há dias. Escrever ou telefonar eram igualmente arriscados. E mesmo que fosse possível entrar em contato com ela, que bem isso faria? Se Bellew não tivesse concluído que havia se enganado, se ele estava certo da identidade dela — e não era tolo — contar a Clare não evitaria os resultados do encontro. Além disso, já era tarde demais. O que quer que viesse acontecer a Clare, já não lhe cabia mudar.

Irene tinha consciência de sentir uma aliviada gratidão ao pensar que estaria provavelmente livre de Clare, sem ter de erguer um dedo ou pronunciar uma palavra.

Contudo ela tinha a intenção de contar a Brian sobre o encontro com John Bellew.

Porém isso, ao que parece, era impossível. Estranho. Algo a prendia. A cada vez que estava prestes a dizer "Esbarrei com o marido de Clare em uma rua do centro hoje. Tenho certeza de que ele me reconheceu, e Felise estava comigo", não conseguiria falar. Soava demasiadamente como o alerta que ela queria que fosse. Nem mesmo na presença dos meninos no jantar ela conseguiria fazer a simples declaração.

A noite arrastou-se. Por fim, ela disse boa noite e subiu as escadas, as palavras por dizer.

Pensou: "Por que não contei a ele? Por que não? Se isso der problemas, nunca vou me perdoar. Vou contar a ele quando subir."

Pegou um livro, mas não conseguia ler, tão oprimida que estava por pressentimento inominável.

E se Bellew se divorciasse de Clare?

Ele poderia. Bem, tinha o caso Rhinelander.[8] Mas na França, em Paris, essas coisas eram muito fáceis. Se ele se divorciasse... se Clare ficasse livre... Mas, de todas as coisas que poderiam acontecer, essa era a que ela menos queria. Ela precisava afastar da sua mente essa possibilidade. Precisava.

Veio-lhe então um pensamento que ela tentou afugentar. E se Clare morresse! Então... ah, isso era vil! Pensar, sim, desejar isso! Sentiu-se fraca e nauseada. Mas o pensamento permaneceu com ela. Não conseguia livrar-se.

Ouviu a porta de casa se abrir. E se fechar. Brian saíra. Ela virou o rosto para o travesseiro para chorar. Mas as lágrimas não vieram.

Permaneceu lá, acordada, pensando no que se passou. O namoro, o casamento e o nascimento de Junior. Da vez em que compraram a casa na qual viviam há

---

8 *Célebre e polêmico caso de divórcio nos Estados Unidos, nos anos 1920. O jovem milionário Kip Rhinelander, de uma das famílias mais tradicionais do país, casou-se com Alice Jones, da classe trabalhadora. Ao saber que ela era negra (tinha uma avó negra), a família pediu a anulação do casamento, alegando que ela havia "se passado" por branca, portanto enganado o noivo para casar-se. O julgamento agitou a opinião pública e proporcionou cenas absurdas, como a de Alice sendo obrigada a mostrar suas partes íntimas ao júri, composto somente de homens brancos, para comprovar que o Rhinelander estava bem ciente de que ela era uma mulher "de cor". Uma vez que no estado de Nova York não era proibido o casamento interracial (embora fosse extremamente raro), o juiz deu ganho de causa a Alice, ainda que mais tarde ela viesse a pedir o divórcio quando Rhinelander, sob pressão da família, fugiu para Nevada. O caso todo suscitou a discussão, ética e legal, sobre as identidades raciais e a questão do "passar-se".*

tanto tempo e foram tão felizes. Da vez em que Ted havia vencido a crise de pneumonia e souberam que ele iria viver. E de outras doces e dolorosas memórias que não mais voltariam.

Acima de tudo, ela queria, lutava, para manter imperturbável a agradável rotina de sua vida. E agora Clare Kendry entrara com sua ameaça de impermanência.

"Deus", rezou, "faça com que março chegue logo."

Com o tempo, adormeceu.

QUATRO

A manhã seguinte trouxe consigo uma tempestade de neve que durou o dia todo.
Após o desjejum, que foi comido quase inteiramente em silêncio e concluído com alívio, Irene Redfield demorou-se por um tempo no salão do andar de baixo, olhando para os flocos suaves que esvoaçavam e caíam. Ela os via preencher imediatamente alguma marca feia e irregular deixada pelos pés de transeuntes apressados, quando Zulena veio ter com ela, dizendo: "O telefone, senhora Redfield. É a senhora Bellew."
"Anote o recado, Zulena, por favor."
Ainda que continuasse olhando pela janela, Irene já nada via, açoitada como estava pelo medo... e pela esperança. Será que acontecera alguma coisa entre Clare e Bellew? E se aconteceu, o que foi? Ela iria se livrar por

fim da lancinante ansiedade das últimas semanas? Ou haveria mais, e pior? Debateu-se por um instante, no qual sentiu que deveria correr atrás de Zulena e ouvir ela mesma o que Clare tinha a dizer. Mas aguardou. Zulena, ao voltar, disse-lhe: "Ela diz, madame, que poderá ir à casa da senhora Freeland esta noite. Chegará lá entre as oito e as nove horas."

"Obrigada, Zulena."

O dia arrastou-se até chegar ao fim.

À mesa de jantar, Brian falou com amargura sobre um linchamento a respeito do qual esteve lendo no jornal da noite.

"Papai, por que eles só lincham as pessoas de cor?", Ted perguntou.

"Porque eles os odeiam, filho."

"Brian!" A voz de Irene era um apelo e uma censura. Ted disse: "Oh! E por que eles os odeiam?"

"Porque têm medo deles."

"Mas por que ficam com medo deles?"

"Porque..."

"Brian!"

"Parece, filho, que este é um assunto que não podemos discutir no momento, sem deixar as senhoras da casa incomodadas", disse ao menino com uma seriedade falsa, "mas vamos tratar disso quando estivermos sozinhos."

Ted assentiu, com seu jeito sério e envolvente. "Entendo. Talvez a gente possa conversar sobre isso amanhã a caminho da escola."

"Combinado."

"Brian!"

"Mãe", observou Junior, "é a terceira vez que você falou 'Brian' desse jeito."

"Mas não será a última, Junior, não se preocupe", seu pai disse-lhe.

Depois que os meninos subiram, Irene disse, de modo neutro, "eu gostaria, Brian, que você não falasse sobre linchamentos na frente de Ted e Junior. É realmente indesculpável que você traga um assunto como esse no jantar. Eles vão ter tempo suficiente para aprender sobre essas coisas horríveis quando forem mais velhos."

"Você está completamente errada! Se eles têm mesmo, como você determinou, de morar neste maldito país, é melhor que descubram o que vão ter de enfrentar o mais cedo possível. Quando mais cedo aprenderem, mais preparados estarão.

"Não concordo. Quero que meus filhos sejam felizes e livres de saber dessas coisas o quanto for possível."

"Muito louvável", foi a resposta sarcástica de Brian. "Muito louvável mesmo, levando-se tudo em consideração. Mas será que é possível?"

"Certamente que sim. Se você fizer a sua parte."

"Bobagem! Você sabe tão bem quanto eu, Irene, que não é possível. De que adianta tentar evitar que eles aprendam a palavra '*nigger*' e sua conotação? Eles já descobriram, não foi? E como? Porque alguém chamou Junior de '*nigger*' sujo."

"Mesmo assim, você não vai falar com eles sobre o problema da raça. Eu não vou deixar."

Mediram-se um ao outro com os olhos.

"Estou dizendo a você, Irene, eles têm de saber dessas coisas, agora ou mais tarde."

"Eles não têm nada!", insistiu reprimindo as lágrimas que ameaçavam rolar.

Brian rosnou: "Não entendo como alguém tão inteligente como você gosta de achar que é pode dar tamanhas mostras de estupidez." Ele a encarou de modo perplexo e assediante.

"Estupidez!", ela gritou. "Por acaso é estúpido querer que minhas crianças sejam felizes?" Seus lábios estremeciam.

"À custa da preparação adequada para a vida, e da felicidade futura, sim. E eu sinto que é minha obrigação para com eles dar uma ideia do que vão ter de encarar. É o mínimo que posso fazer. Eu queria tirar eles desse lugar infernal há anos. Mas você não me deixou. Desisti da ideia, porque você recusou. Mas não espere que eu vá desistir de tudo."

Sob o açoite dessas palavras, ela ficou em silêncio. Antes que qualquer resposta pudesse lhe vir, ele já dera as costas e deixara a sala.

Sentada sozinha na maldita sala de jantar, apertando inconsciente as mãos em seu colo, bem pressionadas, ela foi tomada por uma convulsão de tremor. Para ela, houve algo de agourento na cena que acabara de ter com seu marido. À sua mente voltavam suas últimas palavras: "Mas não espere que eu vá desistir de tudo", repetidamente. O que ele quis dizer com isso? O que queriam dizer? Clare Kendry?

Estava certamente ficando louca de medo e suspeita. Mas não podia se deixar levar. Não podia! Onde estava o autocontrole, o bom-senso, dos quais ela tanto se orgulhava? Agora, mais do que nunca, era a hora de tê-los.

Clare logo estaria lá. Precisava correr ou se atrasaria de novo, e aqueles dois a esperariam juntos lá embaixo, como fizeram tantas vezes desde a primeira, que agora parecia muito tempo atrás. Teria sido mesmo no último outubro? Nossa, ela se sentia anos, não meses, mais velha.

Triste, ergueu-se da cadeira e subiu as escadas para a tarefa de arrumar-se para sair quando preferia ficar em casa. Durante o processo, ela se perguntou, pela centésima vez, por que não havia contado a Brian sobre ela e Felise terem esbarrado com Bellew no dia anterior e, pela centésima vez, recusou-se a reconhecer o real motivo de ter omitido essa informação.

Quando Clare chegou, radiante em um vestido vermelho vivo, Irene não havia terminado de se vestir. Mas seu sorriso pouco hesitou quando a cumprimentou, dizendo "Parece que estou sempre no horário C.P, não estou?[9] Nem esperávamos que você pudesse vir. Felise vai ficar contente. Que bonita você está."

Clare beijou o ombro descoberto de Irene, parecendo não notar seu leve recuo.

---

9 *"C.P. Time"*, ou *"Colored People's Time"*, o *"horário das pessoas de cor"*, expressão derrogatória nos Estados Unidos que reforçava o estereótipo racista de que os negros sempre se atrasam, isto é, que não têm ética profissional ou que são preguiçosos.

"Eu mesma não fazia a menor ideia de que conseguiria ir, mas Jack teve de correr para a Filadélfia de repente. Então: aqui estou eu."

Irene olhou para cima, um jorro de palavras em seus lábios. "Filadélfia. Isso não é muito longe, ou é? Clare, eu...?"

Parou, uma das mãos agarrando o lado de sua cadeira, a outra presa à penteadeira. Por que ela não contava a Clare sobre o encontro com Bellew? Por que não conseguia contar?

Mas Clare não percebeu a frase não concluída. Riu e disse levemente "É longe o bastante para mim. Qualquer lugar, longe de mim, já é longe o bastante. Não tenho preferências."

Irene passou a mão sobre os olhos para fechar o rosto acusador no espelho diante de si. Em um canto da sua mente se perguntou há quanto tempo estava com aquela aparência, distorcida, abatida e — sim, amedrontada. Ou teria sido somente sua imaginação?

"Clare", perguntou, "você já pensou seriamente no que aconteceria se ele a desmascarasse?"

"Sim."

"Ah, então pensou. E o que você faria, nesse caso?"

"Sim". E, tendo dito isso, Clare Kendry sorriu fugazmente, um sorriso que veio e se foi em um flash, deixando intocada a gravidade de seu rosto.

Aquele sorriso e a calma firmeza daquela palavra "sim" preencheram Irene com um medo primitivo e paralisante. Suas mãos ficaram dormentes, seus pés gelados, seu coração como uma pedra. Mesmo sua língua era como uma coisa agonizante. Houve longos espaços entre as palavras quando ela perguntou "E o que você vai fazer?"

Clare, que havia afundado em uma poltrona, seus olhos em algum lugar distante, parecia envolta em uma agradável e impenetrável reflexão. Para Irene, que se sentava empertigada e ansiosa, pareceu um tempo interminável até que ela voltasse ao presente para dizer calmamente. "Eu faria o que mais quero fazer agora. Viria para cá, para morar. No Harlem, quero dizer. E então poderia fazer o que quisesse, quando me desse prazer."

Irene inclinou-se para frente, fria e tensa. "E Margery?" Sua voz era um sussurro exaurido.

"Margery?" Clare repetiu, deixando seus olhos esvoaçarem diante do rosto preocupado de Irene. "Tem isso, Rene. Se não fosse por ela, eu já teria feito. Ela é tudo que me prende. Mas se Jack descobrir, se nosso casamento for partido, isso me deixa de fora, não deixa?"

Seu tom de suave resignação e seu ar de inocente candura pareceram, para sua ouvinte, espúrios. A certeza de que aquelas palavras tinham a intenção de alertá-la tomou conta de Irene. Lembrou-se de que Clare Kendry sempre parecia saber o que as outras pessoas estavam pensando. Seus lábios comprimidos permaneceram firmes e inflexíveis. Bem, dessa vez ela não iria ficar sabendo.

Disse: "Por que você não desce e vai falar com Brian? Ele está louco para vê-la."

Ainda que estivesse determinada a impedir que Clare alcançasse seus pensamentos e temores, as palavras haviam saltado, impensadas, de seus lábios. Era como se tivessem vindo de uma camada exterior de frio desprezo que não tinha nada a ver com seu coração torturado. E foram, ela percebeu, precisamente as palavras certas para seu propósito.

Porque assim que Clare se levantou e saiu, ela viu que o arranjo era tão bom quanto o seu plano inicial de deixá-la esperando enquanto se vestia, ou melhor. Ela só iria atrasá-la e irritá-la. E que mal faria esses dois passarem uma hora, mais ou menos, juntos e sozinhos, quantas vezes fosse, agora que tudo já havia acontecido entre eles?

Ah! Pela primeira vez ela se deixou admitir que tudo havia acontecido, não tinha forçado a si mesma a acreditar, ter esperança, de que nada irrevogável havia se consumado! Bem, havia acontecido. Ela sabia, e sabia que sabia.

Ficou surpresa por, depois de ter pensado o que pensou, ter aceitado o fato, não estar mais magoada, ou preocupada, do que estava em suas anteriores tentativas febris de escapar. E essa ausência de uma dor aguda e insuportável parecia para ela injusta, como se a ela tivesse sido negado algum belo consolo na forma de sofrimento.

Seria, talvez, que ela já houvesse suportado tudo o que uma mulher pudesse suportar de humilhação, tormento e medo? Ou será que lhe faltava a capacidade para o auge do sofrimento? "Não, não!", ela negava ferozmente. "Sou um ser humano como outro qualquer. É só que estou tão cansada, tão esgotada que já não consigo sentir." Mas ela não acreditava mesmo nisso.

Segurança. Seria só uma palavra? Se não, então seria somente pelo sacrifício de outras coisas — da felicidade, do amor, ou de algum êxtase selvagem que ela nunca conheceria —, que poderia ser obtida? E será que lutar demais por isso, ter fé demais na segurança e permanência, deixaria as pessoas impossibilitadas de terem essas outras coisa?

Irene não sabia, não podia concluir, ainda que por um longo tempo tenha permanecido sentada, elucubrando e tentando compreender. Ainda assim, o tempo todo, apesar de suas procuras e do sentimento de frustração, ela estava ciente de que, para ela, segurança era a coisa mais importante e desejada na vida. E não a trocaria por nenhuma das outras coisas nem por todas elas. Só queria ficar tranquila. Só queria não ser perturbada, para que lhe fosse permitido dirigir, para o bem deles, a vida de seus filhos e do seu marido.

Agora que havia se aliviado do que era quase que um conhecimento culpado, admitindo aquilo que, por algum sexto sentido, já sabia há muito tempo, ela poderia voltar a planejar. Poderia voltar a pensar em maneiras de deixar Brian a seu lado, e em Nova York. Porque ela não iria para o Brasil. Sua terra era esta, a dos arranha-céus. Era americana. Havia crescido neste solo, e dele não seria arrancada. Nem mesmo por conta de Clare Kendry, ou de cem Clare Kendrys.

Brian também era desta terra. Seu dever era para com ela e seus meninos.

É estranho que ela não pudesse ter certeza de ter conhecido o amor verdadeiramente. Nem mesmo o amor por Brian. Ele era seu marido e o pai de seus filhos. Mas seria algo mais? Ela alguma vez quis ou tentou ter mais que isso? Naquele momento, ela achou que não.

Não obstante, tinha a intenção de mantê-lo. Seus lábios recém-pintados estreitaram-se em uma linha reta. É verdade, ela deixara de tentar acreditar que ele e Clare se amavam, e ela mesma não o amava, mas tinha a intenção de agarrar-se à carapaça de seu casamento, de manter a sua vida fixa, certa. Levada à beira da desagradável realidade, sua natureza obstinada não recuou. Era melhor, bem melhor, compartilhar Brian do que perdê-lo completamente. Ah, ela poderia fechar os olhos se fosse preciso. Ela aguentaria. Aguentaria o que fosse. E já estava chegando março. Março e a partida de Clare.

De modo horrivelmente claro, ela agora via a razão do seu instinto de manter para si — omitir, na verdade — a notícia de seu encontro com Bellew. Se Clare ficar livre, tudo pode acontecer.

Fez uma pausa no processo de vestir-se, ao ver com perfeita clareza aquela verdade sombria que, naquela primeira tarde de outubro, sentiu em Clare Kendry e da qual a própria Clare a alertava — de que ela conseguia as coisas que queria porque tinha a maior das condições para a conquista: o sacrifício. Se ela quiser Brian, não será a falta de dinheiro ou de um lugar que a impedirão. Era como ela mesma dissera: somente Margery a impedia de jogar tudo para o alto. E se as coi-

sas saíssem do seu controle — até mesmo se ela apenas ficasse alarmada, apenas suspeitasse que tal coisa estava para ocorrer, tudo poderia acontecer. Tudo.
Não! Custe o que custasse, Clare nunca saberia daquele encontro com Bellew. Nem Brian. Isso só enfraqueceria seu poder de mantê-lo.
Eles nunca saberiam, por ela, que ele estava começando a suspeitar a verdade a respeito de sua esposa. E ela não faria nada, arriscaria nada, para evitar que ele descobrisse essa verdade. Que sorte ela ter obedecido seus instintos e omitido ter reconhecido Bellew.

"Já subiu alguma vez ao sexto andar, Clare?" Brian perguntou quando estacionava e saía para abrir a porta para elas.

"Claro! Estamos hospedados no décimo-sétimo."

"Quero dizer, já subiu só com a força-*nigger*?"[10]

"Essa é boa!" Clare riu. "Pergunte a Rene. Meu pai era zelador, você sabe. Nos velhos dias, quando nem toda espelunca tinha um elevador. Mas você não está falando sério que vamos ter de subir as escadas, não é? Não aqui!"

"Aqui, sim. E Felise mora no topo", Irene lhe disse.

"E por que diabos?"

"Ela diz, eu acho, que é porque isso desencoraja os visitantes casuais."

---

10 Nigger-power, *referência desairosa, implicando que os negros estão relegados ao trabalho braçal.*

"E ela provavelmente está certa. Embora deva ser duro para ela."

Brian disse, "Sim, um pouco. Mas ela também diz que prefere estar morta a entediada."

"Oh, um jardim! E que lindo, com a neve lisinha, imperturbada."

"Lindo, não é? Mas fique na calçada, você com esses absurdos saltos altos. Você também, Irene."

Irene caminhou ao lado deles na trilha de cimento claro que cortava a brancura do jardim interno. Sentiu algo no ar, algo que houve entre aqueles dois, e que haveria de novo. Era como uma coisa viva pressionando contra ela. Com uma olhada furtiva, viu Clare agarrando o outro braço de Brian. Ela olhava para ele com aquela jeito direto e provocativo dela, e os olhos dele estavam fixos no rosto dela, com o que parecia a Irene uma expressão de avidez.

"Acredito que seja aqui a entrada" ela os informou com sua voz habitual.

"Cuidado", Brian disse a Clare, "não vá cair pelo lado antes do quarto andar. Eles se recusam a carregar alguém para além dos dois últimos lances de escada."

"Não seja tolo", Irene cortou.

A festa começou alegremente.

Dave Freeland estava no melhor de si, brilhante, claro e borbulhante. Felise também estava divertida, e não tão sarcástica como de costume, porque ela gostava da dúzia de convidados que pontuavam a larga e desarrumada sala de estar. Brian estava espirituoso, embora, como notou Irene, seus comentários fossem um pouco mais cáusticos do que o usual, mesmo para ele. E havia também Ralph Hazelton, disparando coisas brilhantes e sem sentidos no meio da conversa, que todos, incluindo Clare, pegavam e jogavam de volta com adornos e adendos. Somente Irene não estava alegre. Ficava sentada, quase em silêncio, sorrindo vez por outra só para parecer entretida.

"Qual o problema, Irene?", alguém perguntou. "Fez um voto de nunca rir, ou algo assim? Está tão sóbria como um juiz."

"Não há nada. É só que vocês todos são tão espirituosos que eu fiquei sem fala, absolutamente pasmada."

"Não me admira", observou Freeland, "que você esteja à beira das lágrimas. Está sem uma bebida. O que vai tomar?"

"Obrigada. Se é para eu tomar, que seja então um copo de *ginger ale* com três gotas de *scotch*. O *scotch* primeiro, por favor. Depois o gelo, depois o *ginger ale*."

"Céus. Nem tente misturar isso sozinho, Dave, meu bem. Mande o mordomo", zombou Felise.

"É. E o lacaio também." Irene riu um pouco, e então disse: "Está muito quente aqui dentro. Se importam se eu abrir esta janela?" Com isso ela abriu uma das janelas francesas das quais os Freelands tanto se orgulhavam.

Havia parado de nevar há umas duas ou três horas. A lua acabava de despontar, e por trás dos altos prédios algumas estrelas esgueiravam-se. Irene terminou seu cigarro e o atirou para fora, observando a pequena fagulha cair lentamente até o chão branco abaixo. Alguém na sala havia ligado o fonógrafo. Ou seria o rádio? Ela não sabia qual lhe desagradava mais. E ninguém estava ouvindo seu barulho. A conversa e as risadas nunca paravam. Por que precisavam de ainda mais ruído?

Dave voltou com a bebida. "É melhor", disse-lhe, "você não ficar aí parada assim. Vai se resfriar. Venha comigo para conversarmos, ou fique ouvindo enquanto eu tagarelo." Tomando-a pelo braço, levou-a até o outro lado da sala. Mal haviam encontrado lugares para se sentar quando a campainha soou, e Felise pediu a ele que se levantasse para abrir.

No momento seguinte, Irene ouviu sua voz no saguão, com cautelosa polidez: "Sua esposa? Desculpe, receio que tenha se enganado. Talvez ao lado..."

Então o rugido da voz de John Bellew acima de todos os outros ruídos da sala: "Não estou enganado! Fui na casa dos Redfield e sei que ela está com eles. É melhor sair da minha frente se não quiser problemas."

"O que é, Dave?" Felise correu para a porta.

Brian também foi. Irene o ouviu dizer: "Eu sou Redfield. Que diabos é o seu problema?"

Porém Bellew não precisava dele. Abriu o caminho entre todo mundo e marchou em direção a Clare. Todos viram quando ela se ergueu da cadeira, recuando um pouco quando ele se aproximava.

"Então você é uma nigger. Uma maldita de uma nigger suja! Sua voz era um rosnado e um gemido, uma expressão de raiva e de dor.

Tudo era confusão. Os homens avançaram. Felise saltou entre eles e Bellew. Disse, rapidamente, "Cuidado. Você é o único branco aqui." E a frieza argêntea de sua voz, assim como de suas palavras, era um alerta.

Clare permaneceu ao lado da janela, tão composta quanto se não estivessem todos olhando para ela com curiosidade e espanto, como se toda a estrutura de sua vida não estivesse em estilhaços diante dela. Parecia alheia a qualquer perigo ou indiferença. Havia até um traço de sorriso em seus lábios cheios e rubros, e em seus olhos brilhantes.

Foi aquele sorriso que enlouqueceu Irene. Ela atravessou a sala, seu terror impregnado de ferocidade, e pôs a mão no braço nu de Clare. Um pensamento se apossou dela. Ela não admitiria que Clare fosse dispensada por Bellew. Ela não aguentaria que Clare fosse livre.

Diante delas estava John Bellew, sem fala, agora em sua dor e em raiva. Mais além estava a massa das outras pessoas, e Brian saindo do meio delas, se aproximando.

O que aconteceu em seguida Irene nunca permitiu-se lembrar. Nunca de modo claro.

Em um momento, Clare estava lá, uma coisa viva e radiante, como uma chama rubra e dourada. No momento seguinte, não estava.

Ouviu-se um grito de horror, e acima disso, um som quase inumano, como uma besta em agonia. "Nig! Meu Deus! Nig!"

Um tropel de passos desceu os longos lances de escadas. O bater de portas distantes. Vozes.

Irene ficou para trás. Sentou-se e permaneceu quieta, encarando uma ridícula gravura japonesa na parede da sala.

Foi-se! O suave rosto branco, os cabelos brilhantes, a perturbadora boca escarlate, os olhos de sonho, o sorriso carinhoso, toda a torturante amabilidade que fora Clare Kendry. Aquela beleza que havia rasgado a plácida vida de Irene. Foi-se! A ousada zombaria, o galanteio de sua postura, os sininhos de sua risada.

Irene não lamentava. Estava espantada, quase incrédula.

O que os outros iriam pensar? Que Clare havia caído? Que havia se jogado, deliberadamente para trás? Certamente ou uma coisa ou outra. Não que...

Mas ela não deveria, disse a si mesma, pensar nisso. Estava cansada demais, e chocada demais. E era verdade. Estava completamente exausta, e cambaleou violentamente. Mas seus pensamentos prosseguiram. Se ao menos ela pudesse se livrar do vigor mental assim como estava livre do corporal. Se ao menos pudesse tirar de sua memória a visão de sua mão no braço de Clare.

"Foi um acidente, um terrível acidente", murmurou ferozmente. "Foi."

As pessoas estavam voltando pelas escadas. Pela porta ainda aberta seus passos e vozes soavam cada vez mais perto.

Rapidamente, ela se levantou e foi, sem fazer ruídos, para o quarto, e fechou a porta detrás de si, com cuidado.

Seus pensamentos corriam. Ela deveria ter ficado? Deveria voltar para onde estavam os outros? Mas haveria perguntas. Ela não havia pensando nas perguntas, no que se seguiria. Ela não pensara em nada naquele momento em que agiu.

Estava frio. Calafrios gelados percorreram sua espinha, o pescoço e os ombros nus.

Lá de fora, na sala, ouviu vozes. A de Dave Freeland e a de outros que ela não reconheceu.

Será que devia colocar o casaco? Felise descera correndo sem se cobrir. E também os outros. E também Brian. Brian! Ele não pode ficar resfriado. Pegou o casaco dele e deixou seu próprio. À porta, pausou por um momento, escutando temerosamente. Não ouviu nada. Não havia vozes. Nem passos. Bem lentamente, abriu a porta. A sala estava vazia. Ela saiu.

No saguão, abaixo, ela ouviu baixinho o som de pés descendo os degraus, de uma porta sendo aberta e fechada, e de vozes distantes.

Para baixo, baixo, baixo ela se foi, com o casacão de Brian em volta de seus braços que tremiam, arrastando um pouco a cada degrau vencido.

O que ela iria dizer quando, por fim, tivesse descido aquela escadaria interminável? Ela deveria ter corrido para fora quando eles fizeram o mesmo. Que explicação poderia dar por ter ficado para trás? Nem mesmo ela sabia por que tinha feito isso. E o que mais lhe perguntariam? E sobre a mão dela esticando-se para Clare?

Na bruma de suas divagações e questionamentos, veio-lhe um pensamento tão aterrorizante, tão horrível, que ela teve de agarrar o corrimão para não cair para a frente. Um suor frio encharcou seu corpo que tremia. Seu fôlego lhe faltou em dolorosos soluços.

E se Clare não estivesse morta?

Sentiu náuseas, tanto pela ideia daquele glorioso corpo mutilado quanto do próprio medo.

Como conseguiu fazer o resto do trajeto sem cair, ela nunca soube. Mas, por fim, ela descera. Lá embaixo juntou-se aos outros, rodeados por um pequeno círculo de estranhos. Todos falavam aos sussurros, ou no tom assombrado e discretamente baixo que se usa na presença de um desastre. No primeiro instante, ela quis dar a volta e correr para o lugar de onde viera. Então um calmo desespero a abateu. Segurou-se, física e mentalmente.

"Lá está Irene", anunciou Dave Freeland, contando-lhe que acabavam de dar falta dela, e que haviam concluído que ela havia desmaiado ou algo assim, e que estavam indo procurar por ela. Felise, ela viu, estava agarrada ao braço dele, e todo aquele ar blasé insolente dela se dissipara, o marrom dourado de seu belo rosto mudado para um estranho tom malva.

Irene não deu sinal nenhum de ter escutado Freeland, e foi direto para Brian. Seu rosto parecia envelhecido e alterado; seus lábios estavam roxos e tremiam. Sentiu um grande impulso em consolá-lo, em dissipar seu sofrimento e horror. Mas estava indefesa, tendo perdido completamente o controle sobre a mente e o coração dele.

Ela balbuciou: "Ela está... ela está...?"

Foi Felise que respondeu. "Foi instantâneo, achamos."

Irene lutou para conter o soluço de gratidão que emergia em sua garganta. Sufocado, tornou-se um gemido, como o de uma criança magoada. Alguém pôs a mão em seu ombro, em um gesto de consolo. Brian a envolveu com seu casaco. Ela começou a chorar, de modo excruciante, seu corpo todo em soluços convulsivos. Ele fez uma leve, e perfunctória, tentativa de confortá-la.

"Calma, calma. Não faça assim. Vai te dar náuseas. Ela..." A voz faltou-lhe, subitamente.

Como se distante, ela ouviu a voz de Ralph Hazelton, dizendo: "Estava olhando diretamente para ela. Ela só tropeçou, e sumiu em um piscar de olhos. Desmaiou, eu acho. Céus! Foi rápido. A coisa mais rápida que já vi na vida."

"Isso é impossível, estou dizendo. Absolutamente impossível!"

Foi Brian que falou com uma voz roufenha e febril que Irene nunca havia escutado antes. Seus joelhos fraquejaram.

Dave Freeland disse: "Um momento, Brian. Irene estava do lado dela. Vamos ouvir o que ela tem a dizer."

Sentiu-se por um instante tomada por um rígido medo covarde. "Deus", ela pensou, rezou, "me ajude."

Um homem desconhecido, com um tom oficial de autoridade, dirigiu-se a ela. "Tem certeza de que ela caiu? O marido dela não lhe deu um empurrão ou algo assim, como o doutor Redfield parece acreditar?"

Pela primeira vez, ela se deu conta de que Bellew não estava naquele grupo que tremia de frio na entrada estreita. O que isso queria dizer? Quando começou a imaginar, em sua mente entorpecida, foi sacudida por outro calafrio horrível! Isso não! Oh isso não!

"Não, não!", protestou. "Tenho certeza de que ele não a empurrou. Eu estava lá também. Tão perto dela quanto ele estava. Ela só caiu antes que alguém pudesse impedi-la. Eu..."

Seus joelhos enfraquecidos cederam. Ela gemeu e caiu, tornou a gemer. No meio do grande peso que a afundava e afogava, veio-lhe a tênue consciência de braços fortes a erguendo. E depois tudo ficou escuro.

Séculos mais tarde, ouviu o homem desconhecido dizer: "Morte por acidente, estou propenso a acreditar. Vamos subir e dar mais uma olhada naquela janela."

UMA PESSOA DE COR EM UM MUNDO EM PRETO E BRANCO

Quando Nella Larsen faleceu, em 1964, deixou pouca coisa para trás: um apartamento, dois romances fora de catálogo, alguns contos e cartas. Não tinha filhos, estava divorciada e seu único parente era uma meia--irmã que, quando soube que herdaria os bens de Nella disse nem saber da existência dela.

Ao longo da vida, a presença de Nella Larsen ou era ignorada — quando ela era tratada como invisível — ou era destacada, como uma peça que ninguém sabia onde encaixar. Não havia meios tons naquela sociedade para uma pessoa que não era nem branca, nem negra.

"Larsen" é um nome nórdio. Sua mãe, costureira de profissão, era uma imigrante da Dinamarca. Seu pai vinha das colônias dinamarquesas no Caribe, onde os conceitos de "branco" e "negro" não eram tão peremptórios. Era mestiço e, segundo alguns biógrafos, passava-se por (ou achava-se) branco. Mas enfim ele desapareceu quando ela tinha dois anos (ela diz que morreu) e sua mãe casou-se com outro imigrante dinamarquês, com quem teve uma filha e foram morar em um subúrbio de operários em Chicago. Uma família branca, em um bairro de escandinavos, com uma filha negra.

Como membro de uma família imigrante branca, ela não tinha entrada no mundo dos negros. Nunca poderia ser branca como sua mãe ou irmã e tampouco poderia ser negra. O seu lugar era uma não-terra, irreconhecível historicamente e dolorosa demais para ser escavada.
Daryl Pinckney

Nella lembra-se de viver na Dinamarca quando criança e só no fim da adolescência viu-se em seu "outro" lugar, quando partiu para o Tennessee, inscrita no curso de "normalistas" da historicamente negra Universidade Fisk. Foi a primeira vez que viu-se cercada por gente mais escura que ela e isso, parece, foi sua opção para o resto da vida: de lá foi estudar enfermagem no Bronx, em um programa voltado para enfermeiras negras (estavam em alta demanda, por conta da Primeira Guerra) e praticou o ofício no Alabama. Do retrógrado sul dos Estados Unidos mudou-se para a mais progressiva das cidades, Nova York, onde conheceu Elmer Imes, o segundo afro-americano a receber um PhD em física, que logo se tornaria seu marido.

O doutor Imes tem evidentes semelhanças com Brian, o marido da protagonista de *Passando-se*. [Alerta de *spoiler*: se ainda não leu o livro, salte a próxima linha.] Brilhante, mestiço como ela, entusiasta da identidade "negra" mas propenso a traí-la com uma mulher de pele mais clara. Com o casamento, Nella entrou na "Sociedade Negra", um grupo de elite (intelectual e econômica) do Harlem.

Naquele grupo de doutores e professores universitários Nella, que tinha apenas o curso técnico de enfermagem, sentiu-se mais uma vez deslocada e, em meio a tantos poetas e romancistas, resolveu escrever também. Foi estudar biblioteconomia e foi voluntária em bibliotecas da cidade. Enquanto isso, ia rascunhando os primeiros contos que mostrava aos amigos, muitos deles figuras proeminentes no *Harlem Renaissance*.

A "Renascença do Harlem" foi um movimento intelectual, social e artístico que explodiu na parte norte e negra de Manhattan, ao longo dos anos 1920, voltado para a afirmação (ou criação) da identidade afro-americana. Entre os autores, estavam à frente nomes como Langston Hughes (cujo sobrenome pode ter inspirado os dois "Hughs" brancos, personagens de *Passando-se*), Zora Neale Hurston e Claude McKay. Nella Larsen seria reconhecida, bem mais tarde, como uma das maiores romancistas, não só do Harlem Renaissance, como também de todo o modernismo norte-americano.

Nella Larsen dedicou *Passando-se* a seu grande amigo, o escritor e fotógrafo Carl Van Vechten, que promoveu e celebrou o *Harlem Renaissance*, eternizado em suas fotos e em seu livro de título impossível para os leitores de hoje: *Nigger Heaven* (1926) — principalmente quando se sabe que o autor era branco. No romance, uma das protagonistas é Mary Love, uma bibliotecária (ocupação de Nella à época) fascinada pela cultura do Harlem, onde mora, mas insegura em relação ao lugar que pode ocupar, na complicada hierarquia social. Três anos depois Nella (uma dos poucos escritores negros que defenderam *Nigger Heaven*) retribuiu o favor tomando Carl Van Vetchen como base para o personagem Hugh Wentworth, o inteligente branco de sexualidade ambígua fascinado pelos negros.

Neste ambiente de efervescente diálogo criativo (nos muitos chás, reuniões, festas e bailes como os descritos em *Passando-se*), Nella Larsen gestou seus dois romances curtos, obras únicas, em ambos os sentidos. Em 1928 saiu, pela prestigiosa editora Knopf, *Quicksand* ("Areia movediça") e, logo no ano seguinte, *Passing* ("Passando-se").

Ambos os livros são, em grau mais ou menos óbvio, sobre a autora. Em *Quicksand* temos uma mestiça, filha de negro com dinamarquesa, procurando seu lugar entre um colégio interno para negras (como aquele em que estudou no Tennessee) e a casa dos parentes em Copenhague (que viu na infância). Por fim, de volta aos Estados Unidos, ela casa-se com um negro e, arrependida, sonha em abandoná-lo. (O livro é dedicado a seu marido, doutor Imes).

Passing fala sobre uma negra de pele clara, engajada na Sociedade Negra do Harlem, e de sua amiga, também negra de pele clara, que decidiu "passar-se" por branca e que talvez esteja de caso com o marido da protagonista, um médico.

Confirmando todos os sinais da ficção, Nella separou-se poucos anos depois do marido, por conta de um caso dele (com uma branca). O divórcio coincidiu (ou provocou) o fim abrupto de uma carreira literária que acabara de dar ao mundo duas obras incensadas pela crítica (mas um tanto ignoradas pelos leitores). No ano seguinte à publicação de *Passing*, Larsen foi acusada de plagiar uma história da britânica Kaye-Smith no conto "Sanctuary". A acusação não se sustentou, mas foi bem divulgada entre os que tinham inveja do sucesso de Nella —a primeira afro-americana a ganhar o disputado Prêmio Guggenhein — e talvez pelos ex-amigos da Sociedade Negra que ficaram ao lado do doutor Imes no divórcio.

Tendo se alienado, com a separação, do único lugar em que se encaixara — o meio artístico e intelectual negro — Nella passou as décadas seguintes tentando concluir um terceiro romance. Sem conseguir pertencer ou ser incluída em nenhum grupo ou movimento literário, morreu deslocada e sozinha, aos 72 anos.

Hoje *Quicksand* e *Passing* são lidos e estudados dentro das discussões sobre o racismo, especialmente no debate do "colorismo" (a discriminação, dentro de um grupo, por conta do tom da pele). Seus personagens que zanzam pela "zona cinzenta" de um espaço em preto *ou* branco ainda intrigam e incomodam um mundo que, embora já tenha aceitado a fluidez na sexualidade, ainda impõe identidades raciais binárias e fixas.

Editora   Carla Cardoso
Tradução   Julio Silveira
Revisão   Mic Paiva

Dados Internacionais de Catalogação na Publicação (CIP)
(Câmara Brasileira do Livro, SP, Brasil)

Larsen, Nella (1891-1964)

Passando-se / Nella Larsen [tradução Julio Silveira] —
Rio de Janeiro : Livros de Criação : Ímã editorial :
Coleção Meia Azul 2020, 194 p; 21 cm.

Título original : Passing
ISBN 978-65-86419-03-0

1. Mulheres afro-americanas - Ficção
2. Identidade (Psicologia) — Ficção 3. Nova York
—(N.Y.) —Ficção. Romance norte-americano.
I. Título.

20-40645   CDD 813

Índices para catálogo sistemático:
1. Romances : Literatura norte-americana   813
Cibele Maria Dias - Bibliotecária - CRB-8/9427

Ímã Editorial | Livros de Criação
www.imaeditorial.com